消滅した悪役令嬢

CHARACTERS
登場人物紹介
バンリ・セレイア
セレイア王国の王太子で、
リディアの元婚約者。
リディアが消滅魔法を行使したことを
きっかけにトラビア王国で
奴隷となったが――？
リディア・ホーキンス
セレイア王国の元公爵令嬢で、
前世の記憶を持つ転生者。
自分がいるのが乙女ゲームの世界だと知り、
断罪ルートを逃れるためにトラビア王国へ渡って
魔塔の研究員になった。

ハビウス・ウィルデン
トラビア王国の魔塔の室長。
仕事人間で口が悪いところもあるが、
面倒見がいい側面もある。
セレイア王国についてなにかを
知っているようで——？
ミミル
乙女ゲームの世界のヒロイン。
素直で無垢な性格だが、
その本性は——？
モルト・ペルセウス
ハビウスの元奴隷の獣人で、
魔塔の研究員。
天才的な頭脳を持ち、
数多の功績を残している。

プロローグ

前世、私は地球にある日本という国で研究員をしていた。

しかし、研究所で起きた事故に巻き込まれて死んだ。

そして次に目を覚ました時、前世の学生時代に嗜《たしな》んでいた乙女ゲームの悪役令嬢——リディア・アルレシスとして転生していたのだ。

リディアは悪役令嬢として王太子に断罪されるキャラクターだ。

その未来を回避するために私は幼い頃から動き出していた。

だが、思惑通りには進まず、わかっていたのに、私はあっという間に王太子を好きになった。

婚約者として関係を深めていった私達。

ゲームの関係とは違い、私達は本当の婚約者同士だった。

——けれどもそうやって積み重ねた信頼や期待、そして希望も、学園に入学して間もなくして少しずつ砕け散っていく。

ああ、一体どうしてこんなことになってしまったのだろう。
やり直せるとしたら、彼と出会わなかったら……
光に包まれながら、私は今までのことを思い返していた――

第一章　公爵令嬢消滅前

乙女ゲームに登場する公爵令嬢リディア・アルレシスは、いわゆる悪役令嬢といわれるキャラクターだった。

彼女は王太子に一目惚れし、宰相《さいしょう》をしている父の強い後押しで半ば強引に婚約者の地位を得た。

それからというもの、王太子に近付く令嬢に目を光らせ、時には非道な方法で邪魔な者を排除していく。王太子から再三の忠告を受けたが改善することなく、学園に入学する頃には愛想をつかされてしまうのだ。

最後はヒロインの命を狙ったことがきっかけで、今までの悪事を白日《はくじつ》の下にさらされ、王太子に処刑を言い渡される。

その未来が初めから分かっていた私は、最初から王太子の婚約者にならないようにしようと考えた。断罪を回避するには、国を出ることが一番確実だ。

準備を進め、そろそろ隣国へ行こうかと考えていた八歳の頃。

王宮からのお茶会の招待も受けず、不敬にならない程度に王家と関わるようにしていた態度が逆に目についてしまったのか、ある日突然王太子との見合いの席が設けられて、あれよあれよという間に婚約者の地位についてしまったのだ。

王太子の名はバンリ・セレイア。

彼は乙女ゲームのメインヒーローだ。

乙女ゲームでは、王太子と悪役令嬢は見かけだけの婚約者であった。

一途に王太子を想うリディアと異なり、王太子は政略結婚の相手として割り切っており、必要以上の関わりを持たずにいた。

ヒロインの登場によりその関係は壊れ、王太子の手によって断罪が進められる。

けれど、私の予想に反して、学園に入学するまでの数年間で、私とバンリは見かけだけの婚約者ではなくなっていた。

私は、婚約者として彼と定期的に会ううちにどんどん心惹かれて、離れ難くなっていったのだ。

その感情はゲームの強制力によるものじゃないかと不安になることもあったけれど、悪役令嬢を初めから嫌っていたゲームの中の王太子とは違って、私が見てきた彼は初めから優しくて、穏やかで、熱を含んだその瞳がいつも私を好きだと物語っている気がした。

王太子に促され愛称《あいしょう》で互いを〝リディ〟〝バン〟と呼ぶようになり……

民のお祭りに紛れたり、貴族の遊び場でデートしたり、会えない時は手紙を送りあったり、一緒に勉強したりと、沢山の思い出を積み重ねていくうちに不安は鳴《な》りを潜めてゆく。

そうして、十二歳の冬には二人きりになった公爵家の書庫で、結婚式の真似事のような言葉を互いに誓うと、どちらからともなく口付けを交わした。

バンとは間違いなく互いを思い合う関係を築けていた。

加えて別の攻略対象のルートで悪役令嬢となるクラリス侯爵令嬢、レストン伯爵令嬢、ディンバル子爵令嬢をはじめ、幾人もの信頼できる友人が出来た。

そして、ゲームでは仕事人間で家庭を顧《かえり》みなかった父とも良好な関係を築けたので、万が一乙女ゲームの強制力が働いて不当な断罪をされたとしても、きっと最後まで私を信じ、味方をしてくれるだろうと思えた。


――そのはずだった。


「リディア様、あの平民に嫉妬《しっと》して嫌がらせをするのはおやめくださいませ」

学園生活が始まって一年が経過した頃、教室の中心で私に向かい声高にそう苦言を呈したのは、親友のアウロワ・クラリス侯爵令嬢だった。

クラリス侯爵令嬢の後ろには多くの友人達が控えており真剣な眼差しをこちらへ向けている。

私は彼女が言った言葉の意味をすぐには理解出来ずに固まった。

確かに三か月程前から、〝王太子と懇意《こんい》にしている平民のミミルに嫉妬《しっと》して私が嫌がらせを行っている〟とまことしやかに囁かれていることは知っている。

けれど、先日友人達はそのような噂をしている者達を一喝《いっかつ》してくれていた。そんな彼女から出てきた苦言は、私にとって耳を疑うものであった。

「待ってください、私は本当に何もしておりません。〝常に人目に晒されている私にそのようなこと出来るはずもない〟と……。先日噂をしていた者達に述べてくださったのは他でもなくアウロワ様ではないですか」

「あの時は考えが及ばなかったのです。リディア様は公爵令嬢であらせられます。自分の手は汚さず、使用人に指示をだし嫌がらせをおこなうのは造作《ぞうさ》もないことではありませんか」

「……っ、そんな、私がそのようなことを本当にすると？　クラリス様は本当にそう思うのですか？」

私の問いかけに、クラリス侯爵令嬢は返事を返さず、出会ったばかりの頃に見た敵に向かい合う姿勢を崩さなかった。

しかし、その瞳はどこか悲しみを宿していた。

後ろに控えるレストン伯爵令嬢、ディンバル子爵令嬢も、決戦を迎えたかのように、強張った表情をしながらも真っすぐに私を見ている。

「証言者がいるのです。指示内容を記載した手紙と共に私達の下へ勇気を持って真実を告げに来ました」

この日、教室の中心で起こった出来事は学園中に広まった。

今まで私の味方だという姿勢を貫いていた令嬢達が、証拠を持って私を糾弾《きゅうだん》したのである。

あまりに唐突なことで動揺《どうよう》してしまい、幾つかあった疑問点についてもその場で追及することもできず、無実を証明することも叶わなかったのだ。

それから数日が過ぎて、誤解だと伝えるために話し合いをしたけれど、むしろ彼女達の私への心象は悪くなるばかりで。

その問答を多くの生徒に見られたことで、親友にすら見切りを付けられていると囁かれ、周囲の状況はさらに悪化した。

少し前から、学園の様子がおかしいとは思っていたけれど、令嬢達とは揺るがない信頼関係が築けていると信じて疑わなかった私は、ただ動揺《どうよう》するしかなかった。

そして、あることに考え至る。

「――まさか。ゲームの強制力が働いているの？」

この世界でゲームの強制力が働くことを懸念しなかったわけではないけれど……、いいえ、そんなはずはないわ。まさか。

――これが。強制力なのだとしたら、人の心にまで作用してしまうということだ。そんなのはあり得ない。もしそうだとしたら、私に打つ手など……ない。

ふと、バンリの顔が過《よぎ》って、彼のいる教室へ向かおうと足が急いだ。

すると、窓の外に遠目ながらバンリを見つけ、その前にいるミミルと談笑して笑っている姿が目に入る。

「強制力なんて……あり得ない」

しかし、この時胸に抱いた嫉妬《しっと》心は、自分でも驚くくらいに大きくて、廊下でそっと胸を押さえた。

大丈夫。だって、バンは小さいころから私の傍にいて、一緒に育ってきた。

だから、彼が私へ向ける眼差しはいつも、愛情の籠ったもので、図書室で口付けを交わしたこともある……

（でも……学園に入学してからは二人の時間をほとんど取れていないわ。クラスも違うせいで尚更……）

バンは入学してから、クラスメイトとの交流を大事にしていた。学園唯一の特待生だからか、ミミルへの配慮を手厚くしているようだったけれど、それは仕方の無いことだった。

この学園は少し前まで貴族の子息子女のみが通っていた名門校。未だに平民に対する差別が残っていると聞く。

だから、正義感の強いバンリが彼女を気に掛けることは不自然なことじゃない。


——本当に、そう思っているの？　バンが女性への距離感を間違えるなんて初めてなのに？


心の中の不安を打ち消すように、首を横へ振って、頬を叩いた。

きっと、今は友達の間でも孤立して、誤解されてしまったからこんな風に考えてしまうんだわ。

私は、自分を奮い立たせるように、目の前の光景から背を向けるべく踵《きびす》を返した。

◇

数日後――学園での誤解は解けないまま、護衛を二人連れて市井《しせい》へ視察に来ていた。

私は幼い頃から、正体を隠して度々このようなことをしている。

前世の知識を生かして、アルレシス公爵家の財政を豊かに出来たとはいえ、未だに行き届いていない貧困地区は存在しているし、領地に住まう者達の生活の質がどうなっているのか、直接目にしないことには分からないからだ。

中でも、定期的に視察している孤児院へ向かう道中には、顔見知りとなった者が幾人もいた。

例えばいつも道端で音楽を奏でている少年。今日もその姿があったので、私はいつも通り近づき、心地よい音楽のお礼にお金を払おうとした。

「あんた、アルレシス公爵家の令嬢なんだって？」

「え？」

「学園じゃ平民にとんでもない仕打ちをしているらしいな。それなのに俺に施《ほどこ》しをするって、本当はどんなことを企んでるんだ？　腹の中で、金に媚《こ》びへつらうガキだと馬鹿にしてたんだろ」

少年は「極悪人の金なんかいらねーよ！　馬鹿にすんな！」と吐き捨て、私がいれた小銭を足元へ叩きつけた。

驚いて目を瞬く私をよそに、少年は背を向けて帰っていく。

「公女様になんと無礼なっ」

同伴していた護衛が少年を追い掛けようとするのを止めて、私はいつも通っているパン屋へと足を運んだ。

けれど、あんなに親しくしてくれていたパン屋の販売員にも、自分の正体がばれており、学園での極悪非道ぶりをなじられて門前払いをくらった。

(そんな……どうして、皆私の正体を知っているの？　何が起こっているというの？　本当に私が学園で酷いことをしていると、私が信用に値しないと判断されているの……)


——やっぱり、強制力が？


「違う。そんなの、絶対に違うわ」

もしそうなのであれば、私は——

大丈夫だと必死に自分へ言い聞かせながら道の先へと進み、孤児院へと到着した。

ここでは、いつも子供たちが歓迎してくれる。私は来る度に絵本やおもちゃを差し入れるからだ。

そして時間がある時は、子供たちと一緒に遊ぶのである。

「帰れ！　悪女！」

大きな子供の叫びと共に飛んできた石は、護衛の者が防いでくれたけれど……

この時感じた胸の痛みと、空虚な穴は広がるばかりだった。

◇

「……一人になりたい」

アルレシス公爵邸に帰ってきた私は、皆にそう言い渡して、広いベッドに身を投じた。

あれから二週間が経ち、今はもう、何も考えられない程に疲弊《ひへい》している。少し前まで、笑顔を向けてくれた人々が、自分に憎悪の感情を向けてくる。誰も私の言葉を信じてくれない。

それがどれ程辛いものなのか、私は知らなかった。

これが本当に、自分が犯した罪によるものだとしても、辛いものになっただろう。

(どうして皆、信じてくれないの？)

もしもこれが、強制力によるものなのだとしたら、私に打つ手などひとつもない。


——ここから、この国から跡形もなく、消えるしか。


暗い考えが過ったとき、花瓶《かびん》に生けている花が王室の庭園にしか咲かないものだと気が付いた。

バンリが送ってくれた花だ。

心が弱っているせいか、楽しい思い出が目の前に幻の如く見えた気がした。

目尻に溜まる涙を拭って、自らを奮い立たせるように拳を握りしめたそのとき——部屋の戸を叩く音がして、父の声が聞こえてきた。

「リディア、開けなさい」

いつもと違う怒りを孕んだ無機質な声のトーン。

いや、元々はこんな話し方をする父だった。私が生まれると同時に母が亡くなり、娘の扱いに困っていた父は仕事へ没頭して私から逃げるようになった。

悪役令嬢リディアの根幹にあるのは、愛情不足によるもの。

けれど、こちらからしつこいくらいに歩み寄り、時には喧嘩《けんか》して対話を重ねたことで、父とはゲームとは違う良好な親子関係を築けていた。

そっと扉を開いた瞬間、パン！　と音を立て、強烈な衝撃が頬を捉える。

「おまえという奴は、家門の恥さらしめ。悔い改めるため、一週間反省部屋で過ごしなさい」

——ああ、私の居場所は、味方は、この家にもなかった。

◇

友人にも家族にも見放され、私は一人孤独を感じていた。

そんな時目にしたのは、バンの横で昼食を食べるミミルの姿。

——やめて、その場所は、彼の隣は私の場所なのに。

本当は、なりふり構わず大声でそう言って間に入って行きたかった。

だけど私はこれでも公爵令嬢で、そんなみっともない事をしようものならゲームの悪役令嬢のようになってしまう。

そんな私の視線に気付いたバンは言った。

「暫く、距離をおこう」

いつもの口調だけれど、私にはわかる。

彼は苦しんでいる。

私が、彼を苦しめている。

〝どうしたの？〟と問いかけても彼は〝何でもないよ〟とどこか苦しそうに答えるばかりで。

前世のゲームを知るからこそ湧き上がる不安と、周りの噂、バンの不自然な態度、ミミルと共にいる姿を見る度に信頼が揺らいでゆき、どんどん彼を諦めてゆく。

（これが、強制力？）

どうして？　と、詰め寄りたかった。

私の何が悪かったの？　そう問いかけたかった。

だけど、きっと私がそう言ったら彼はまた〝君は悪くないよ〟と言って苦しそうにするのだろう。

心を痛めるのだろう。

一時でも、私と婚約者として向き合ってくれていた彼だから。

そして私の中に、数年前中断したはずの計画を実行しようという想いが再燃していく。

この国で、死んだことにして、隣国に行くべきだと。

『リディ。君に永遠の愛を誓うよ』

それでも、子供同士の戯《たわむ》れで交わした誓いが、私をこの国に縫い付けていた。

けれど、それをも打ち消したのもまた、彼の声だった。

「……謝るんだ、リディア・アルレシス……」

私がミミルを階段から突き落とそうとしたと、ミミルの取り巻きに責められていたとき、現場に現れ周りに話を聞いたバンは、目の前にいる婚約者を見据えて咎めた。

だけど、本心では婚約者である私を皆の前で貶めたくはないのだろう。

周りから見た彼の表情は硬いままで、何の感情も表に出していない。でも私にはどこか苦しそうに言葉を紡いでいるように見えた。

それはそうよね、学園入学前に私と過ごした日々の中で貴方の眼差しはいつも愛を語っていた。

彼もきっと覚えているはずだ。

私と過ごした日々を。あの日の誓いを。

根拠もなく、婚約者である私ではなくミミルの味方になることに、罪悪感を抱かない彼ではない。

そんなところを私は好きになったし、大丈夫だと思っていた。

(でも……彼は正気で、記憶を失ったわけでも立場が変わったわけでもない。だけど、ダメなのね。

運命には逆らえないということかしら)

これ以上、私の記憶の中にいる彼を失いたくはなかった。

何か理由があるとしても耐えられなかった。

怖かった。ゲームの悪役令嬢のように、もう愛されていないと分かっていても縋りついてしまいそうで……それほどに愛してしまった彼に、決定的な言葉を言われることが。

最後に待ち受ける断罪シーン。

「婚約破棄する」と王太子に言われる未来が、愛しているからこそ、怖かった。

気まずさは感じているだろうにミミルのことを振り払わない彼の姿を見て、先程の言葉を聞いて。

ここが私の限界であることを悟った。

(……もう充分、わかったわ)

学園入学前に彼と過ごした日々は楽しかった。

私は一生に一度の恋だと思える日々を過ごせた。

出来れば学園生活を共に送り、将来王太子を傍で支える王妃となりかったけれど、それはどうにも叶わぬ夢のようだから。


——私の存在が貴方を困らせているのなら、貴方の前から消えましょう。


バンが視線を逸らして片腕を握りしめ、何かに耐えているのが、私にはわかる。

でも、もう、いい。

所詮私達は政略結婚だ。彼がどんなに努力をしてくれたとしても、好きな人が出来てしまうのは仕方がない、好きな人の味方をしたいのもわかる。

私だって貴方が言ったことは疑わないもの。

この目で現実を見て、貴方の口から聞かなければどんなことでも無条件で信じたわ。

あの日の、誓いのように。

誰も悪くはない。私に悪いなんて思わなくて良い。

私と過ごした思い出が貴方を苦しめるなら、私は貴方の前から消えるから。

だから、最後は貴方が好きだと言ってくれた笑顔の私を覚えていて欲しい。

そんな思いを込めて、私は柔らかく微笑んだ。その瞬間、彼は大きく目を見開いていた。

「さようなら。バン」

視界の端で、バンが私に向かって手を伸ばしたように見えたけれど、これも私の都合の良い妄想だろう。何にせよその時を境に私は何も分からなくなった。

視界が暗転し、顔の端や指先が光の粒となり消えていく。

——この日、セレイア王国、王太子の婚約者であるリディア・アルレシスは禁忌《きんき》とされる消滅魔法を己に行使。光の粉となりその身は、跡形もなく消えさったのだとか。

数日後、消滅魔法により自害した、享年十四であるアルレシス公爵令嬢の葬儀《そうぎ》が執り行われた。

第二章　隣国に召喚された公爵令嬢

俺の名はハビウス・ウィルデン。

トラビア王国でも屈指《くっし》の天才が集まるという魔塔研究所の室長をやっている。

現在サボ……一服するために外でタバコをふかしていた。

最近人手不足で凄く困っている。魔塔研究所ではそれぞれが好きな研究をしている。だが、組織として当たり前のことで、研究の成果はもちろん、収益を出すことを求められている。

それに加えて、たまにお偉い方からの注文で貴重なポーションや薬も作らなくちゃならない。

だが天才なんてそうそういるわけもなく。

今は、室長である自分以外で使える人材はあと二人程度しかいない。せめて後一人いたら凄く助かるな……と考え煙を吐いていた。

(天才か……そういやあの少女は、今頃十四歳くらいか？)

数年前、隣国セレイア王国からやってきた公爵令嬢が魔塔研究所を見学したいと言い出した。

最初は貴族令嬢の道楽《どうらく》でただの冷やかしだと思っていたが……彼女が母国で研究していた薬を持ってきて、解説した時は驚いた。

試しに実験してみると、効き目がすぐに出る上に副作用も少ない。彼女は他にも完成された薬を幾つか提示してきた。

このとき公爵令嬢はまだ八歳で、間違いなく天才の部類だった。

しかも、歴史上かつてないほど稀《まれ》に見る天才。

だってそうだろう？　普通研究っていうのは失敗を何百回も繰り返し、やっと成功を掴むものなのに。彼女は初めから正解を導き出していた。

ダメ元、そして冗談半分で、魔塔研究室で働かないかと勧誘してみたら思わぬ返事が返ってきた。

『時が来たら、貴族令嬢としての未来を捨てて、トラビア王国の魔塔研究室に勤めて新薬とポーションの研究を続けたい』

公爵令嬢としての人生を捨てて研究者として働き続けたいとは、変わり者だとは思ったが。

天才が変人ってのはよくある話だし、うちに来る研究員は皆訳ありの変人ばかりだから深くは考えなかった。

(あれからもう、六年か？　やっぱり幾ら訳ありでも、貴族令嬢が家族と離れて隣国へ来るなんて怖くなったのかね)

そんな事を考えながら研究室へ戻った時。

皆が騒いでいることに気が付いた。

俺が六年前に描き、布をかけておいた召喚魔法陣から黄金の光が放たれ、突風が吹き荒れていたのだ。

(……まさか)

「おまえら！　目を閉じろ！」

「「!?」」

その場にいた研究員達は、俺の言うことを聞いて皆目を閉じる。

もっとも、魔法陣は一層強い光を放ちはじめ、目を開けているのが難しい程だ。俺の指示がなくとも、皆目を開けていられなかっただろう。

暫くすると、強い光は粒状に変化して中心に集まり、人の姿をかたどってゆく。

そこには、美しく白い女体が一糸《いっし》纏《まと》わぬ姿で宙に浮いていた。

「キレイ……」

そう感嘆の声を漏らしたのは、まだ幼いがその才能故に研究員となったモルト・ペルセウス。彼は犬の獣人《じゅうじん》で好奇心旺盛。幼さ故にその好奇心が勝って目を開けてしまったんだろう。

(まぁ、六歳の子供だから良いか)

光がおさまると共に、宙に浮いた少女は地面にゆっくりと降りてくる。俺は脱いだ白衣で手早く少女の身体をくるむと、そのまま自分の両腕で受け止めた。

「……ったく。衣服は持ってこれねぇから、成長する前に来いと忠告したんだがな」

『魔塔研究室の一員になる際、母国であるセレイア王国で自分は死んだ事にしておきたいのです。何か良い方法があれば良いのですが……』

少女を魔塔研究所に勧誘した際、俺は少女からそのような相談を受けた。

その時、誰にも気付かれず死んだように見せかける方法に一つだけ心当たりがあった俺は、その方法——逆召喚魔法を少女に伝えた。

彼女が今回使用した逆召喚魔法は俺が生み出したもの。本来、召喚魔法とは特定の人間を呼び寄せるものだが、逆召喚魔法はそれを応用している。

皆の見ている中、逆召喚魔法を己にかけて、既定の召喚用の魔法陣に自分自身を召喚するのだ。

逆召喚魔法を自分にかけた時の身体の消え方は、消滅魔法を自分にかけた時の消え方と同じなのだ。

逆召喚魔法を知らない者の目には、自殺の為に消滅魔法を使ったようにしか見えない。

「あの～、室長、その少女は？」

光が消えた室内で、研究員の一人が恐る恐るといった様子で聞いてきた。

「後で紹介する。俺は今日用事が出来たから、おまえらはここを片付けておけよ。ガキ……モルトだけ俺について来い」

風が吹き荒れたことによって倒れた機材や、散乱している書類の束を視線で示す。

研究員達は、そんな事よりも今起きた出来事に対する好奇心を追求したい様子だったが、後で室長である俺が説明すると言うと、不満げな顔をしながらも「はい……」と頷いた。

「やった！　ボク、ついてって良いの？」

俺が抱えている少女を興味津々とばかりにガン見していたモルトは、耳をピンっと立てると、満面の笑みを浮かべ、尻尾をパタパタさせて喜びをあらわす。

研究室を出て行く俺の後を、モルトは散歩を喜ぶ犬のように意気揚々《いきようよう》としながら急ぎ足でついて来た。

◆

とある公爵令嬢がトラビア王国に来てから少しの時間が経過した。

突如現れた若き天才は、表に顔を出す事もなくただただ己の才を発揮していった。

トラビア王国の民何万人もの命を病魔から救う新薬を作成した功績を讃えられ、身元不明ではあるが、トラビア王国の戸籍《こせき》と男爵位《だんしゃくい》を王家から叙されることとなる。


――彼女の名前はリディア・ホーキンス。


それからも彼女は、新薬及びポーションの研究に尽力し数多の功績を重ねた。

そして、四年の歳月が流れた頃――

リディアは、自身が所属する研究室の室長から、とある打診を受ける事となった。

その一言で、再び運命を揺り動かされるとは知らずに……

「おまえ、今なら奴隷を購入出来るくらいの金があるだろ。そんなに研究に没頭したいなら買ってこいよ」

「……？」

◆

数年前、私、リディア・ホーキンスは元セレイア王国の公爵令嬢だった。

貴族令嬢らしく学園生活を送っていたが、事情があり、生家である公爵家と祖国、婚約者を捨て、一人隣国トラビア王国へと渡ったのだ。

その後、私は兼ねてから勧誘を受けていたトラビア王国の天才が集う研究室に行った。

前世では特段天才というわけでもなかったけれど、科学水準がこの世界より成熟していた文明から来た私が作る薬は重宝《ちょうほう》されている。

後ろ盾などなにもない私であったが、いつの間にか天才扱いを受けるようになった。

取得した特許《とっきょ》から得る収入と、お偉い方からの注文に応えて作る薬やポーションの収入。

この生活を維持すれば良いと心の片隅に思いはじめた今日この頃。

何でもないことのように奴隷を勧めてくる室長のアドバイスを聞いて、一瞬この人は人でなしなのではないだろうかと疑念を抱いた。

だが実際、この国で裕福な層は殆どが奴隷を購入し、共に生活をしている。

とはいえ、室長をはじめリディアと同じ階で働いている職員は奴隷文化に馴染《なじ》みのない異国民が多いからなのか、奴隷を保持している者は少ない。

それでも、室長がリディアに奴隷購入を勧めてきたのは、短期的な人員不足により連続勤務で働き詰めになっている自分への配慮であることは明らかだった。

完全な親切心での配慮ではなく、業務の効率を考えてのことだというのは、四年間共に働いて来たのですぐにわかったけれど。

あれから四年も経った今、私からは王太子と婚約者だった頃の面影《おもかげ》など消えたと思う。

現在の私は研究員として、研究室に数日間こもり続ける事も多い。

家で出来る研究を持ち帰る事もざらにあって、小部屋には本や資料が散乱している。世俗《せぞく》に疎くなり、たまにお風呂にも入り忘れる程、研究に没頭することもある。


——数年前、公爵令嬢だった頃だと考えられない話だ。


収入は十分あるから、本当は定時で上がっても何ら生活は困らない。

だからと言って、今世の私は別に研究が好きなのではない。

ただ不意に過去を思い返さないためだ。忙しくしていることで気が紛れ、おかげで一度も過去に捨てたものを振り返らずに前を向いてこられた。

後少しの間だけ、研究に集中する事は私に必要な事だと感じている。

そんな私は現在、室長に勧めて頂いた奴隷商を訪れていた。

正直——前世では平和な国でのほほんと生きてきて、祖国では奴隷の売買が禁止されていたので、奴隷そのものに抵抗がない訳ではないのだけれど、それでもここへ来たのには理由がある。

私は元々家事が苦手だ。その上、爵位《しゃくい》を得てから任される仕事量も格段に増えてきた。任された仕事は何であろうと、全て自分でやり遂げるつもりだ。

つまり今後私は研究に意識を全て注ぐ。

だから代わりに家事全般をやってくれる奴隷を買いに来た……いや、買うことを検討しに来ただけど。

（実はまだちょっと響きが怖い）。

嫌なら奴隷なんて物騒《ぶっそう》なものを買わないで、人を雇えば良いじゃないかって？

……確かに、嫌だ。奴隷というのは人の命を人が所有物として自由に使役し人格を認めない制度だと私は認識している。

そんなのは嫌だし許せない、間違っていると、考えていた。

だから私は室長から奴隷購入の打診を受けた時、室長を〝ひとでなし〟だなと思った。

だけど、その後室長に言われた言葉で納得してしまった自分がいた。

『研究に全てをかけられる状態にするなら、必要な人材は自分の全てを託しても大丈夫だと思える者だ。奴隷契約している奴よりおまえが信用出来る者が他にいるのか？』

奴隷となった者は主人の命令した事に逆らえず、裏切れないよう購入時に隷属《れいぞく》契約を結ばされるらしい。それを聞いて確かに、それ以上に私が自分のことを全て託せる人間関係があるだろうかと思ってしまった。

（……研究ばかりしていて気付かなかった。私はいつの間にこんなにも人を信用出来ず、身勝手になってしまったのかしら）

いつの間にか奴隷購入に理解を示せるようになった自分に嫌悪感がわく。

その事に酷くショックを受けている私を知ってか知らずか、モルトがこう言った。

『ボクも最初は奴隷として室長《ハビィ》に買われたんだよ！　だけど、奴隷の仕事より研究員の方が向いてるからって、今は研究員になったから幸せだよ！』

その言葉を聞いて、奴隷は一生奴隷で居なくてはいけないわけではないと知り、ホッと胸を撫で下ろした。それなら、私の所に勤めてもらって、本人が嫌だと言ったら解放してあげれば良いのかもしれない。

とはいえ私が認識しているのと、実情は全然違うのかもしれないとも思い、まずは少しだけ見学しに来たのだ。

外套《がいとう》を身に纏い、フードを深く被り奴隷市場に足を踏み入れた。

そうして目に入ってきたのは――悪い意味で想像通りの光景だった。

奴隷の皆の瞳に光はなく、檻《おり》の中で鎖に繋がれて恨めしそうにこちらを見ていたり、若しくは俯《うつむ》いて蹲っていたり。要するに良い光景は広がっていない。

私が室長お勧めの奴隷商の前で足踏みをしていると、毛先がグルグルしている髭《ひげ》を生やした身なりの良い男の人に声をかけられた。

どうやら奴隷商の店員さんらしい。彼の勧めで、お店に入る事になった。

「お初にお目にかかります。お客様は奴隷の購入をご検討という事で宜しいですね？」

「あ……は、はい」

「予算はどのくらいですか？」

予算……幾らあれば良いかわからないけれど、袋を広げて手持ちのお金を見せる。

「この位で、足りますか？」

「えぇ、これくらいなら状態の良いものをご用意出来ますよ。どのような奴隷を御所望で？」

「とりあえず……私の生活面を全面的に色々サポートしても苦痛にならなさそうな……そんな虫の良い人はいませんよね？」

「ふんふん、全面的に色々とサポートですね！　お美しいお客様にわたくしめ、今回はサービスさせて頂きまして本来よりグレードをあげてご案内いたします。どうぞついて来てくださいね～」

案内されてゆく道の途中には、多種多様な種族が檻《おり》の中に入っていた。

鞭《むち》を打たれた痕が服の隙間から見えていたり、痩せこけていたり、檻《おり》の端っこで蹲っている子供の姿も見える。

「あの、彼等はちゃんとご飯を食べているのですか？」

「あぁ、与えていますが食べませんねぇ。そこにいるのは返品されて来た物ばかりです。値段もその分安いですし、子供ですから購入される方もいますよ。お客様はどういたし……」

「――やっぱり、結構です。もう帰ります。すみませんでした」

深々と頭を下げる私に、奴隷商の店員は慌てふためいた。

「申し訳ございません、何かご不快でしたか？　これでも定期的に洗ってはいるのですが……。綺麗好きなご令嬢には大変お目汚しでしたね。そうそう！　お客様にご提示頂いた金額から余裕を見て買うとすると、この辺りの奴隷はいかがでしょう？　少し傷ものですが、力も体力もありますし、家事手伝いから荷物持ち等と何の問題もありません」

そうは言われても、足を踏み入れてすぐ、自分がここにいる事自体が間違いだと気が付いてしまったのだ。

室長の言う事には一理あるかもと思ってきたけれど、間違いだったらしい。

フードの端を掴んで引っ張り、表情が見えないよう顔を埋めて、踵《きびす》を返そうとしたその時。

道の先にある一室から女性の大きな歓声が聞こえて来た。

「まぁ、こんな上物は初めてじゃない？　お店ではなく、私専属の男娼《だんしょう》にしようかしらぁ」

「気に入って頂けて良かったです。ですが、少々……夜の寝つきが悪いのと、精神的に不安定な所がありますが」

「少し寝つきが悪くても、奉仕はできるでしょう？　即決よ！　この見た目だもの。使い道は幾らでもあるわ。珍しいサファイアの瞳に汚れていても美しい白金の髪。女を惑わせる甘いフェイスも全て気に入ったわ！」

（サファイアの瞳？　青い瞳は別段珍しくもないけれど……サファイアのように美しいとなると……まさか？　……ね？）

私はこの時――そんなはずないと思うのに、なぜかある人物が脳裏をかすめていた。

後ろから私を案内していた奴隷商人が止める声も聞かず、隣の部屋に続く扉を開いた。

——見なければ良かったと後悔するというのに。

不躾に確認もなく突然部屋の中に入ってきた私を、先程まで感嘆の声を上げていた女性が訝しむように睨むのも目に入らず、その横に並び立つ。

そして、目の前で檻《おり》の中に入っているのが、脳裏に過った人物であることをすぐに確信した。

数年前、私が母国セレイア王国に捨ててきたはずのもの。

「なぜ……こんな所に」

彼は、奴隷商人に顎を掴まれ、無理やり顔を上げさせられている。

着ている衣服は通常の奴隷服とは違い、元はそれなりに立派な生地だろうが、所々破れ着崩れていた。

数年前より心なしか痩せて、目元にうっすらクマがある。虚ろだけれど美しさを損なう事のないサファイアの瞳と目が合った瞬間。相手からも動揺《どうよう》の色が見て取れた。

他人の空似ではない事を理解した私は、思わずヒュッと喉を鳴らす。

両膝を地面へつかされ、首と手に繋がれた鎖を檻《おり》に繋ぎとめられているのは……

「——バン……」

どうして、彼がここに。

母国で一体、何が起こっているの？

何を間違ってメインヒーローが奴隷落ちエンドを迎えているのだろう。

そういうルートがゲームにあったのかは思い出せないが、現実問題、王太子がこのような状態に至るなどあり得るのだろうか。

いや、それでも彼はゲーム運営会社《神》の手厚い加護を背負うメインヒーローなのだから、最後は救われるはずだ。

たとえ今現在不遇《ふぐう》な扱いを受けていても、いつか王宮の使者が迎えに来ると考えられる。

既に乙女ゲームの物語からリタイアした私が下手に手を出そうものなら、また悪役として君臨《くんりん》してしまうかもしれない。

アルレシス公爵令嬢は、四年前、この世から消滅した。

今ここにいるのは、しがない研究員のリディア・ホーキンスだ。

ホーキンス男爵に婚約者がいた過去はないし、隣国の王太子ともなんの関わりもない。

だから、ここで私が関わる必要は一つもない。

そう自分に言い聞かせ踵《きびす》を返そうとした時。

「……リディ……なのか？」

目の前にいる彼から小さく掠れた声で紡がれた私の名前が、余りにも懐かしくて、足がその場から動かなくなった。

彼は幻を見ているように思っているのか、私の顔をちゃんと確認しようとしているのが、凝視してくる視線からわかる。

すると、その様子に先程感嘆の声を上げていた女性が困ったように言った。

「ふぅん。これからご主人様になる人間を前にして、他の女の名前を言うなんてねぇ。何だか妬けちゃうわ。ふふっ、まずはちゃんとしつけをしないとね」

常連の女性が舌舐めずりをしながら檻《おり》に繋がれている鎖を引く。

すると鎖の先にある首輪が引っ張られてバンリの顔が柵に近付いた。

この様子を見るに、購入は決定しているようでこれからR18ルートに突入する事が想像出来る。

だけど、それでもいつか彼には王宮から迎えがくるはずだ……

(……本当に、王宮から迎えはくる？　悪役令嬢である私が断罪ルートを外れているのに〝絶対〟なんて事があるのだろうか)

私は、彼の不幸を願っていたわけではない。

ただこの先、互いを傷つけず、良い思い出を持ち合わせたまま、幸せになれたのならそれで良いと思っていたのに。

どうして、今更こんな形で再会してしまったのだろう。

立ち止まっている私に、先程案内してくれた店員さんがやっと追いついてきて、後ろから話しかけてきた。

「お客様、急にいかがされましたか？」

「……この檻《おり》の中にいる人を解放するには、どうしたら良いですか？」

「え？」

店員さんは、私が突然何を言い出したのか理解が出来なかったようで瞬きをくりかえす。

すると、その場に居た女性が話しかけてきた。

「あらぁ、私からこの奴隷を横取りしようっていうの？」

「すみません。ですが、まだ購入は完了していないのですよね？」

「でも買うと決めたわ」

「では、私は貴女の提示するその倍額を払います。貴女にも、同じ額をお支払いします」

私が言った言葉に、女性は「あら？」と目を細める。

「貴女、見たところ貴族のお嬢様のようだけれど。こんなところで、そんなお金を使いすぎると、パパに怒られるわよ？」

「私に家族はいません。これは私の稼いだお金ですから、お気遣いされなくとも大丈夫です」

「ふぅん……」

舐めるような視線が、この身に焼き付いて刻み込まれるようだ。

この女性の目力に、冷や汗がだらだらと背中をつたう。蛇《へび》に睨まれたカエルの如く硬直していると、女性はペロリと舌舐めずりをしてこう言った。

「……良いわ。なかなか惜しい買い物だけれど、貴女に恩を売っておいた方が何だか良い事がありそうよね。お金回りも、客の紹介も、安価で安全な避妊薬《ひにんやく》調達についても……ね？」

「……。何で……」

顔をフードに引っ込めて隠そうとしているのが無駄であるかのように、女性は私の頬に手を添えた。

「あら、私の経営している娼館《しょうかん》は色んなお客様がいらっしゃるのよ？　このお顔では、お話を聞いているだけで誰でもわかっちゃうわよ。勿論、私の所に貴女が勤めに来るのも大歓迎よ？　ふふっ」

◇

そんな訳で、私は予定にない奴隷を購入する事になった。

奴隷を購入しようと考えたバチが当たったのだと、授業料だと考えて、奴隷商と女性にお金を支払う。暫くは質素な暮らしを余儀なくされそうな程にお金がとんだ。

とにかく、バンリはあのような環境にいたので身体に悪い所がないか、精密検査を受けてもらう必要がある。早速知り合いのお医者様の元へ向かって歩いているところだ。

（明日、奴隷契約の解除方法を室長やモルトに聞かないと……）

一歩後ろを歩いているはずのバンリの足音が聞こえず、ちゃんとついて来ているか心配になり振り返った瞬間。強く風が吹いて被っていたフードが後ろに押し上げられた。

（まずい……）

隠していた銀色の髪とアメジストの瞳は市井《しせい》で目立ち過ぎるものだ。

アルレシス公爵家のみに受け継がれる貴族特有の容姿は一回見たら忘れないだろうし、こういう所で姿を晒すと変な輩《やから》に絡まれる事も多い。

フードを被り直そうとしていると、目を見開いているバンリと目が合った。

やはり、先程は幻とでも思われていたのだろう。

(まぁ、死んだはずの人が現れて、自分を購入したら混乱するよね……)

そんな事を考えていると、案の定懸念していた変な輩《やから》がひょっこりと現れて急に声をかけてくる。

「ねぇ、君、珍しい髪色だね」

「俺達これから遊びに行くんだけど君も一緒にどう？」

「すみません、これから所用がありまして」

断り文句を言って、フードを被り直していると。

「あ、それ被っちゃうの？　折角綺麗なのに勿体ないよ……」

男が私の腕を掴もうとして手を伸ばしたその時……

バチバチッと、何かが炸裂した音と共に強く光りが弾けた。男の手と私の間に強い電気のようなものが流れたのだ。

思わず身体を縮こまらせて一瞬目を瞑るが、すぐに電気はなくなり恐る恐る瞼を開く。

(え、今の何？　静電気？)

どうやら、強い静電気が偶然起きたようだ。

男はかなり痛かったのか「痛い！」と叫びながら手を抱えてその場に蹲っていた。

(今のうちにこの場から離れよう)

私が駆け出したすぐ後ろを、バンリがついてきていることを確認し、歩みを進める。

そうしているうちに、無事知り合いの病院に着いたのでバンリを預けた。

精密検査には三日程掛かるという事だった。

その間に、奴隷契約の解除方法を聞いておけば良いと、この時の私は安易に考えていた。

◇

私の母国であるセレイア王国という国は、大きくも小さくもない平凡な国だった。

国土も人口も資源も技術も経済も、大国であるトラビア王国には敵わないけれど、トラビア王国とは違い人身売買は違法とされており、奴隷商人は取り締まられていた。

民も貴族も皆信心深くて平穏を好み、長きに渡り代々賢王の治世《ちせい》であったおかげか、同規模の諸外国と比べ平和だった。

それなのに昨日、セレイア王国の王太子がなぜか奴隷になって隣国であるトラビア王国にいた。

（……明日は休みだし、図書館に新聞でも読みに行こうかな。なにかわかるかもしれない）

「リーちゃん！　どうしたの？　すっごく寝不足って目をしてる！」

クリクリした目で私を覗き込んでくるモルトに癒されながらも、彼に聞かなければならない事を思い出した。

「ねぇ、モルト、奴隷契約の解除ってどうすれば良いの？」

「それって本当は違法だから、人に言っちゃダメって室長《ハビィ》に言われてるの！」

「そこを何とか……なりませんかね？　あ、そうだ。今度モルトの好きなキャッチボールしようよ」

「んー……」

モルトは微妙な顔をしている。〃あ、これ教えてもらえないやつだ〃と今までの付き合いでわかった。どうやらキャッチボールでは釣り合わない情報らしい。違法な情報というわけだから当たり前だけど。

「じゃあモルトの言う事を一つだけ、何でも聞くよ！」

私がこう言った瞬間、モルトは目をキラキラさせて、まだ幼さの残る両手をグッと握りこむ。

「ホント!? やったぁ！　じゃあボクの新作のポーションを試して良い？」

モルトの返答に、私は途端に無言になった。

モルトの言っている『試して良い？』の意味は、私の身体で人体実験をしたいという事だ。

私は三年前、天才といえども七歳児と彼が作っている薬の効果を侮って、人体実験に了承してしまった事がある。

それから、もう二度とモルトの人体実験に付き合わない事にしていた。

「……」

「大丈夫だよ！　前も言ったけどボクの作るものは、痛くないし、むしろ女の人には大人気なんだよ！　どの位効果あるか知りたいだけなんだ、身体に害はないよ！」

お偉い人から研究所への研究依頼ではモルトが指名される事が多い。

モルトの専攻している研究は、人の三大欲求の一つである〃色欲《しきよく》〃を満たすのに大変優れている

からだ。彼が作り出す薬やポーションは、時に卑猥《ひわい》な効果を生み出す。

その効果は絶大で……

だから、欲深い人ほどモルトが研究し作成したものを使い、快楽に溺れてゆく。そしてその存在に依存し、資金援助し、頭が上がらなくなり、深みにはまり更に快楽を欲して崇《あが》め跪《ひざまず》く。

純粋で、可愛らしい癒し系の子供にしか見えない彼だというのに、ある意味一番怖い存在だと私は思っている。

「……」

「おかしいなぁ、皆は喜んでくれるのに、何でリーちゃんは喜んでくれないんだろう……。あの時室長《ハビィ》は『リディアは満足してた』って言ってたの……モガッ」

他の研究員に聞かれる前に、己の手でモルトの口を塞ぎ封じた。

三年前のあの日を思い返すと羞恥心《しゅうちしん》で出勤出来なくなる。

もう二度とごめんだ。正直トラウマになった。

「モルト、あの時の話は絶対しないでね？　特に人前でする事じゃないからね？」

「人前が嫌なの？　リーちゃんは恥ずかしがり屋さんなんだね。お家でポーションを使用した感想を記録して提出するのでも良いよ！　今回は身体に塗るタイプだから自分で加減が出来るんだ。安心して！」

探究者モードに入り、キラキラした期待の眼差しを向けてくるモルトを宥《なだ》め、何とか人体実験以外での方法で情報を聞き出そうとしてみた。

しかし、案外モルトの口は堅かった。

(ううん……室長に直接聞こう。意外とすんなり教えてくれるかも)

皆が帰宅していく中、室長が帰ってくるのを資料整理しながら待つ事にした。

しかし前日寝付けなかったせいで途中から眠気がピークに差し掛かり、机に突っ伏して私は眠りについた。

◆

それから暫くの時が経ち、日が沈んで室内が暗くなり始めた頃、室長——ハビウスがようやく研究室に戻ってきた。

リディア以外に唯一残っていたモルトは、彼の帰宅に反応して駆け寄って行く。

「室長《ハビィ》！　おかえり！」

「あぁ、おまえら残ってたのか。相変わらず研究馬鹿だな」

「違うよ、リーちゃんは今日用事があるって言ってたけど、室長《ハビィ》のことを待ってたの。そしたら眠っちゃった。昨日寝不足だったみたい」

「あー……座って寝るのは、机にヨダレたらすからやめろっつってんのに。資料が汚れる」

ハビウスは面倒くさそうに頭をかいてから、突っ伏しているリディアを横抱きにして、ソファーに寝かせた。

意味あり気な表情で、あどけない少女の寝顔を一瞥した後。

ハビウスはそのまま近くの机に寄り掛かり、胸のポケットからタバコを取り出して火をつける。

「……最近、タバコを吸う頻度が高いですね」

先程まで眠っていた少女から突然声をかけられて、ハビウスは皮肉めいた言葉で返した。

「今日は随分目覚めが良いな」

「眠りが浅かったんですよ。気になる事が多すぎて」

「気になること……奴隷の王子様とかか？」

「……やっぱり。何か知ってるんですか？」

「いや、知らねぇけど。俺が知っているのは、ただ……」

「ただ？」

「セレイアの前国王が数年前に消滅したって事くらいだな」

第三章　私の奴隷は手間が掛かるようです

私は先日、元婚約者であった王太子を奴隷として購入した。

今は、精密検査が終わったということで、彼を引き取りに来ているところだ。

（私はもう貴族じゃないし、バンとは会わないだろうと思っていたから不思議な感覚……）

私は王太子……バンリが精密検査を受けている三日間、セレイア王国の事を調べてみた。

私が消えた四年前からあえて母国の情報を見ないようにしていたから、初めて知ることばかりだった。

一番気になった記事といえば、私の死が消滅魔法によるものではなく、突如現れた悪魔に殺されたと記されていたものだろうか。記事によると、国民から慕われていた王太子の婚約者を殺したその悪魔は、速やかに火炙《ひあぶ》りにされたらしい。

……悪魔……。歴史書にはよく出て来るけど、現代ではいるのかどうかも怪しい存在だ。

それにしても自殺が外聞悪いからといって……悪魔って……悲劇とか美談《びだん》をでっちあげるにしても、もっとこう……なかったのだろうか？

――そういえば、前世で有名だったジャンヌ・ダルクも魔女といわれて火炙《ひあぶ》りにされていたな……あの時代、周辺国の人々はそれを信じたのだろうか？

とにかく、王家は現在、第二王子が十歳の若き王として国を治めている。

前王は流行病により亡くなり、王位を継ぐはずの王太子は婚約者が殺されたショックから床に伏せていると報じられている。

（ミミルと王太子のハッピーエンドは？　今、どういう状態なの？）

図書館で、私が不在にしていた四年間のセレイア国を調べた所で有力な情報はなかった。妙に信《しん》憑性《ぴょうせい》のある情報といえば室長が言っていた事くらいか。

『セレイアの前国王が数年前に消失したって事くらいだな』

そう室長が言うから、慌てて調べ回ってみたけれど。

結局そんな記事は一つもない。

もし王太子だったバンリが奴隷になっていなければ、室長の話を信憑性《しんぴょうせい》がありそうだなんて思わなかったけれど。ショックで床に伏せていると記事で書かれていたバンリが、奴隷として現れた所を見ると……

——セレイア国で王位継承権争いが起こったのではないだろうか。

普通に考えたらそうだ。それ以外にない。

(誰がそんな企てを……そんな事をしそうな人、うちの国にいたかな……？　でも、奴隷にしておいて、公には死んだ事にされないという事は、やっぱりいつか王宮から迎えが来そうよね)

道すがら、思案しながらもバンリを迎えに行く。

到着すると、主治医の先生が診察結果を教えてくれた。

「重度な睡眠不足なので、睡眠薬を処方しますね。食事もロクに食べていなかったみたいなので身体がとても弱っています。何でも良いので少しずつ食べさせてあげてください。身体的には少し傷はありますが、重症なものはありませんね。気力も衰え精神的な衰弱《すいじゃく》が見られますので、精神安定剤も処方します」

――彼の不幸を願ったわけではなかったのに、どうしてこうなったのか。

それに、再会するつもりもなかったのに、この状態では放っておく事も出来ない。

(……おかしいな、奴隷には家事を手伝ってもらうつもりだったんだけど、むしろ私が彼を気遣わなくちゃ。王宮から迎えが来るまでに回復してもらおう。万が一にも機嫌を損ねて、後で断罪されないように丁重に扱わないと)

迎えに来た私に対して、バンリはまた身体を揺らしていた。

まるで、再会してからずっと、幻を見ているかのような目で私を見ている。

帰路へつく中、無言でついて来るバンリの視線が背中に刺さる。最後の別れ方が、別れ方であっただけに少し気まずいのかもしれない。

「あのね、バンリ殿下……」

くるりと振り向いて話しかけようとすると、バンリの肩がびくりと跳ねて、身体をこわばらせた。

その瞳には、私に対する畏《おそ》れが浮かんでいる。

（……）

私はスッと手を伸ばして、バンリの頬に触れた。

「バンリ殿下に、何があったのか私には分からないけれど……どうか私を、怖がらないで」

「……幻……では、ない？」

「え？」

頬に添えた私の手に、恐る恐るバンリの片手が重ねられた。私の頬に壊れ物を扱うかの如く、慎重にもう片方の手でフワリと触れる。

「触れても、消えない？　さわ……れる？　今まで、いったい……」

「バンリでんー……」

バンリが震える声で呟いた次の瞬間、勢いよく抱きすくめられた。

私が被っていたフードはハラリと後ろにめくれたが、それを気にしている場合ではなかった。苦しいくらいに力の込められた腕の中で、彼が全身全霊をかけて私を捜していた事が伝わってくる。

――なぜ？

私という憎くて邪魔な婚約者が目の前から消えて、今頃はミミルと共に将来を誓い合い、幸せにしているはずのバンリが、どうして私をこんな風に抱きしめているの？

「リディ、リディア、本物だ。わたしはやっと死んだのか？」

ギュウッと抱く力は私を離すつもりがないようで、バンリの瞳からボロボロと溢れ出ている涙は、まるでずっと私を求めていたと言わんばかりで。

冷えていた心の奥底に熱を宿そうとする。

なぜ？　だって……貴方は、優しかった国民がある日急に私が消えることを望むようになっていたのと同じく。ゲーム通り私を遠ざけて〝暫く距離を置こう〟って……言っていた。

「バン……リ……」

その後はずっとミミルを側において……だから。

私を疎ましいと……。消えて欲しいと貴方も……思って……

『謝るんだ、リディア・アルレシス』

「わたしは君に、謝らなくてはならない事が沢山ある。全部償うから、何でも言う事を聞くから、だから夢だとしても、いなくならないでくれ、リディ」

「……」

「お願いだ……」

「……バン」

「好きだ、君が好きだ。君の事がこの世で一番大切なんだ」

何があったのかわからない、だけど。

背中へまわされた腕が、隙間なく押しつけてくる胸板が、私の頭をかき抱く手が、摺り寄せてくる頬と止めどなく溢れている涙が。

彼の心からの声が。何が真実だったのかを教えてこようとする。

『永遠に、愛を誓うよ』

もしかして、あの時もまだバンリは私を……私を愛していたの？


——そんなはずは……だって……


頭は混乱していた。ただ事実として今わかることは、私が無事であるという現実を、バンリが強く求めているというだけ。

「バン……私は、生きているの、初めから」

どうしよう、バンの顔が見られない。

あんな別れ方をして、さよならをして、もし彼が変わっていなかったのだとしたら。

彼の態度がおかしくなったのは、何か理由があっただけで、その根底にある気持ちは私が知っているものだったとしたら。

私が全てを捨てて新しく人生を始めていた時、どれ程バンを苦しめただろうか。

「生き……て……」

バンリは身体を離して、私の顔をマジマジと見つめ始めた。

「そうなの。あの時、本当に貴方の前には二度と現れないつもりだったから。バンも、私が消える事を望んでいるのだと、思っていたから……」

「望む訳が、ないだろう！」

言葉の続きを聞きたくないと言わんばかりに遮られて、頬を両手で挟み込まれた。

「君が……いない世界をわたしが望むわけがないだろう。二度と、もう二度とやらないでくれ」

「……うん」

バンリに何があってこうなっているのか、当時、本当は何があったのか、その全てを私が聞くのはもう少し先の話で。今はとにかく、弱った身体だというのに構わず、私を離すまいと力を込める彼の背中に手を回した。

第四章　元王太子である奴隷との生活幕開け

先程までの彼は、泣いて怒りながらも、永遠と私を抱きしめてそうだったのだけれど……背中をさすりながら「お家に帰ろう」と声をかけると静かに頷いてゆっくりと離してくれた。

帰り道、私達は無言だった。

お互いに聞きたい事は沢山あるけれど、見るからに幸福な道のりを歩いていたわけではないだろう彼に、過去のことを簡単に聞いて良いものかわからなかった。

彼もまた、私に沢山聞きたい事があるだろう。だけど最後の別れ方が蟠《わだかま》りの塊のようなものだったから、なぜ私が生きているのか聞けないのかもしれない。

(奴隷になっているなんて……思いもよらなかった)

どう切り出そうかと悩んでいるうちに私達は家についた。

とにかく今日から奴隷になった元婚約者との生活がはじまる。

奴隷商人からバンリを購入した時、特に契約書はなかった。契約書は三人以上奴隷を購入したら必要とのことだ。

奴隷商人は黒炭でバンリの左胸に奴隷紋《どれいもん》を描き、透明の液体で私の手の甲に所有者紋《しょゆうしゃもん》を描いた。

所有者紋《しょゆうしゃもん》は奴隷に罰を与える時だけ手の甲に光って現れるらしい。

奴隷が〝命令〟に違反すると奴隷紋《どれいもん》を介して激しい痛みを伴うと簡単に説明を受けた。

〝命令〟というのは、所有者がハッキリと「我、奴隷○○に命じる。○○しなさい」と宣言するものらしいが、そんなことをする予定はないので、私達には無縁なものと考えている。

もし命令違反による痛みのみが奴隷契約の効力だとすれば、私が命じなければ彼は普通の人として生活できるのだろう。

そう思うと少し胸のつっかえが取れる。

けれど私は初の奴隷購入だけに、知らないことも多いのが不安なところだ。

精密検査が終わるまでの三日間は母国についての調べ物とは別に、バンリの生活準備や生活スペースをどうするか考えていた。

なぜなら私の住まいは一人住まいに適した小さな小屋だ。

私がこの国に自分を召還した時に、室長から研究員用の仮住まいを与えられた。今はそれを買い取って使っている。

私は土地を持たない所謂《いわゆる》、法衣貴族《ほういきぞく》。しかも訳ありが多いと有名な魔塔出身者だ。爵位《しゃくい》を得ているといえ、公爵令嬢の時よりも身軽なもので、邸宅を構えて体裁《ていさい》を整える必要もない。

とにかく、この三日でバンリの着替えやパジャマ、部屋着と歯ブラシ……色々と買い揃えたが、このまま長く過ごすことは難しいだろう。

状況はわからないけれど、相手は元王太子様だ。

しかも、世間では婚約者の死に塞ぎ込んだ引きこもり扱いで、死んだ事にはなっていない訳だから、彼はまだ正真正銘の王族だ。肩身の狭い扱いは出来ない。

（……王族であり奴隷？　これは……私もしかしてまずい事に……ん。そこを考えるのは、今はやめておいた方が良さそうね）

……色々気になる事はあるけれど、ひとまず私達はご飯を一緒に食べる事にした。

「……リディが作ってくれたのか」

「あまりこういうのは得意ではないのだけれど、この位ならなんとか。食べられる？　やっぱり食欲はないかな？」

「大丈夫、リディの顔を見ていたら食欲が沸いてきた」

念のためバンリの好きな食材で消化に良さそうなものばかりを作ったおかげか、彼はとても嬉そうに、幸せそうに用意したご飯を口に含んでくれるので、私は思わず顔が綻んだ。

まるで、私達の間には何事もなかったかのような雰囲気で……いつまでもそんな気分に浸っていたいような、そんな気持ちがわく。

（何があったのか聞くのは、もう少しバンリの生活が落ち着いてからで良いか……）

「ねぇ、リディ」

もくもくと向かいあってご飯を食べているとバンリが途中で手を止めて話しかけてきた。

「ん？」

「君に、話したい事が沢山あるんだ」

「……うん」

「ミミルのこ……っっ」

「……？　バン？」

話の途中で、バンリが言葉を止める。不思議に思い呼びかけると、バンリは私を見て瞬きしたあと、顔を横にふるりと振って笑みを浮かべながら言った。

「……いや、何でもないよ」

◇

「バン、今日は私が先にお風呂入ってもいい？」

小屋には私が入居する前に住んでいた研究員が設置した、コンパクトだけれど使い勝手の良い浴室がある。

ただ、沸かしたてはいつも湯船《ゆぶね》の温度が四二度程になり、少し熱めだ。

熱めの湯船《ゆぶね》は眠気を覚ますには良いけれど、バンリには逆の身体を休める効果が必要だ。ぬるめのお湯に浸かると副交感神経が刺激されて身体が睡眠の状態になる。

だから、湯船《ゆぶね》の温度が下がっているだろう、後の風呂をお勧めした。

それに、重度な睡眠不足と診断されていたバンリにはゆっくりと湯船《ゆぶね》に入って欲しい。

(でも、仮にもまだ王族な訳だから後風呂なんて失礼かな)

「勿論だよ、奴隷であるわたしが、ご主人様であるリディより先に湯船《ゆぶね》へ浸かるなどあり得ないからね」

奴隷設定が功を奏したのか、何の疑問も抱かずバンリは綺麗な笑みを浮かべて頷いていた。

その事に安堵した……のだけれど。

「リディ、背中を流しに来たから入るね」

「え？」

後ろにある戸からバンリに声をかけられてポカンとした。

身体を洗ってから湯船《ゆぶね》に入ろうと、全身にシャワー浴びて、タオルにボディーソープをつけたところだった。私はちょうど泡だて、片手に持っていたタオルを、ポトリと落っことした。

(聞き間違い？)

なぜか、後ろを振り向けない。

(聞き間違いだよね？)

頭の中に嵐が吹き荒れている中、カチャリと戸が開く音がした。バンリが入ってくる気配がするけれど、混乱して後ろを振り向けない。

(え、え？　何で入ってくるの？)

無意識に両手を胸の前で交差させていると、浴室の床に落としたタオルをバンリが拾いあげて耳元で囁かれた。

「まず背中から洗うね」

そこまできて、先程の言葉が聞き間違いでない事を悟った私は、後ろを振り向けない中、精いっぱいの気持ちでブンブンと顔を横にふる。

「だめだよ！　バン、何してるの？」

あまりの事に言葉が浮かばないけれど、拒否の意思は伝えられるように、とにかく私は必死だ。

けれど拒否の態度が伝わらないのか、バンリは構わず背中をタオルで擦りはじめる。

そして心底不思議だという声音で返答してきた。

「何って、主人の身の回りのお世話は奴隷のお仕事だよ」

「頼んでいないのに？」

「頼まれた事しかしないなんて、ただの使用人と同じだろう？　わたしは君に身体も心も支配されている奴隷だ。このタオルと同じ、君の所有物。そんなに恥ずかしがる必要はないんだよ。公爵令嬢の時は侍女《じじょ》にやって貰っていた事じゃないか」

（……奴隷になったらそういう、俗物的な感情は抱かないって事？　それって奴隷の人は平気かもしれないけど、私は平気じゃないわ。それにバンと侍女《じじょ》は全然違う）

「バン、私は……」

「あぁ、でも奴隷に触れられるのが不快だと言う人はいるから。そういう時は、〝命令〟して触れる事を拒否して。そしたら、もう同じことはしない」

「……触れられるのが嫌とか、そういう次元じゃなくて。えっと……」

「嫌なら、わたしに命令してやめさせてリディ。わたしも奴隷契約に基づいて動いているとはいえ、君に嫌われるのは本意じゃない」

「…………っ」

（隷属《れいぞく》させるって、そういう事なんだ……）

つくづく、私は奴隷を購入する事に向いていなかったのだと悟る。バンリを奴隷扱いしないのは当然だと思っているし、命令はしないとも決めている。

でも、私がそう思っているだけじゃダメなのかもしれない。

（何か、そうだ入浴中は別のお仕事を頼めばあるいは……？　それってでも、バンに家の片付けや雑用をさせるという事……でもこの際その方が……？）

グルグルとどうすれば良いか考えて固まっているうちに、バンリはちゃんとご主人様である私の身体を丁寧に磨いて、シャワーで洗い流してくれた。

「ほら、たいした事はないだろう？　リディもそのうち慣れるよ」

安心させるような笑みを浮かべて、私の奴隷はそう言った。

その日はあっという間に夜が更けていった。

バンリは幾分か寛いでくれたようだけれど、奴隷のお仕事をちょいちょいしたがる。

奴隷契約の恐ろしさを一日目にして痛感した私は、一人で考える時間を得るためにバンリに先に寝てもらう事にした。勿論彼には私が使っていたベッドを使用してもらう。

「リディはまだ眠らないの？」

バンリに医師から処方された睡眠薬を手渡すと、そう問いかけられたので私は頷いた。

「うん、私はそこの小部屋で少し本を読んでから眠るわ。調べたい事があるから」

小屋には生活スペースと別にもう一つ小さな部屋がある。

主に研究資料だとか、本とかが置いてあり、落ち着いて読書したい時や学びたい事がある時、集中したい時にはそちらの小部屋を使っている。

バンリにはその説明もしてあるので、納得したように頷いた。

「わかった。おやすみ」

「おやすみなさい、バン」

医師から処方された睡眠薬を飲んでベッドに入るバンリを見届けた後に、私は小部屋へと移動し、先日購入した〝奴隷のすすめ〟という本を手に取った。

他にも本を探してみたけれど奴隷の説明をしている本は少ないみたいだ。古本屋で本が一冊出てきただけ有難いことだ。題名が酷いとしても、これしか本がなかったので贅沢は言えない。

筆者は女性で娼館《しょうかん》のオーナーをしていた人。

別に期待はしていなかった。作者が奴隷をどのように扱ってきたか詳しく記載されており、読むのをやめたくなるような内容もある。

世間一般で奴隷がどういう扱いを受けるのが当然とされているのか、所有者側の通常の概念がどんなものなのかを理解するには充分だ。

読んでいた手を途中で止めて、私は深く息を吐く。

（はやく、奴隷契約の解除をしないと……バンを奴隷のままにはしておけない）

◆

わたし――バンリ・セレイアはベッドへ横になり、身体を包んでいる布団の一部を強く握り締めて引き寄せていた。

突然、元婚約者であるリディアが生きて目の前に現れた。

頭では理解しているけれど、きちんと実感するには時間を要しそうだ。

わたしは、四年前からリディアの夢を毎日見るようになった。

夢を見始めた当初、彼女は触れようとするたび消えていった。その内に、触れようとする事はやめて、わたしは何度もリディアにあの時何があったのか、その真実を話そうとした。

けれど、説明しようと口を開いて、声を出すだけでリディアは光の粒となり消える。

夢の中の彼女は脆く、刹那的な存在で。それでも、その夢が、わたしの生きるよりどころだった。

触れない、話さない事でわたしは夢の中にいる彼女を守っていた。

そんなある日突然、本物のリディアが現れたのだ。

生きて歳を重ねた君を見た時、願望からとうとう現《うつつ》でも幻を見るようになったのかと思った。

夢のリディアより、少し大人びている姿を見た時、わたしの胸がどれ程熱くなったか君は知らないだろう。

触れることが出来る、抱き締めることが出来る、言葉を交わす事が出来る。

わたしに笑いかけてくれている。わたしの世界は再び色を取り戻していく。

リディアが生きていた、生きていた、生きていた。

彼女が生きているというなら、やっと四年前の真実を明かす事が出来る。

謝る事も、償う事も出来る。君が消える必要はなかったのだと。君を愛しているのだと何度でも伝えられる。全ての誤解を解いて、償い謝罪し、そうしたら。

時間をかけていけば再びリディアは、わたしの手に戻ってくると、心のどこかで期待したのは必然だった。早く彼女の誤解を解いて、また側にいて欲しいと乞うつもりだった。

だけど……

『ミミルのこ……っ』

掛布団に顔を埋めて、夕食時の事を思い返す。

胸にある奴隷紋《どれいもん》に衣服の上から手をあてがった。

奴隷紋《どれいもん》の与える痛みが教えてくれる。四年前に関する全てを彼女は拒絶しており、少しでも触れれば、話そうとすればそれだけで彼女は深く傷付くのだと。

奴隷は主人を傷つけられない。肉体的にも精神的にも。主人を傷つけることがあれば、主人に与えた痛みの分だけ奴隷紋《どれいもん》を介して心臓に痛みがはしるのだ。

リディアはもうとっくに、過去を捨てたものとして生活を営んでいる。

これ程の痛みに触れさせ、耐えさせてまで四年前の真実を明かす必要があるのだろうか。話したいと思うのはわたしの自己満足なのではないだろうか。

それに彼女は、痛みの記憶を刻んだ一人である王太子バンリを、今でも愛しているのだろうか。

また愛する事が、出来るだろうか。

王太子バンリの存在が君を傷付けるだけならば、彼には消えてもらおう。

ここにいるのは、君を傷つける事が一切出来ず、君を一番に優先し、愛して甘やかす。先日初めて出会った奴隷のバンリ。

今度こそわたしは間違えない。一ミリもリディアを傷付けたりしない。

そして……


——今度こそ、わたしがいなくては生きていけないようにしないと。


睡眠薬を飲んだとしても目を閉じていたとしても、わたしはたまにしか眠る事が出来ない。

数時間経っても小部屋から出てこないリディアの様子を見にいくことにした。

静かに戸を開けると、そこには毛布を頭から被り一人がけのソファの肘掛けによりかかって眠るリディアがいた。

普段使っているであろうベッドをわたしに譲り、どこで眠るのかと思っていたけれど……

起こさないように、丁寧に横抱きにしてベッドまで運んでゆく。運んでいる途中で、リディアはわたしの胸元に頭をすり寄せ、「ふふっ」と頬を朱めて幸せそうに笑い、寝言を呟いた。

「バン……」

その時、リディアを抱える手に思わず力がこもった。

四年前、もしリディアがわたしのことをその全てだと思い、わたしなしでは生きていけないと考えていたならば。

そうだったなら……彼女は本当に死んでいたかもしれない。

こうして会えなかったかもしれない。

この腕の中にいる温もりと幸福感は永遠になくなっていたかもしれない。

そっとベッドに下ろし、カーテンの隙間から差し込む月明かりに照らされている彼女の頬をなぞる。ピクッと反応はするものの、安心しきった顔でよく眠っている。

傷付けたくはないと思いつつ、無性に傷付けたい。

幸せにしたいと思いつつ、わたしがいない場所で幸せになる君が恨めしい。

生きていて欲しいと思いつつ、このまま共に死ねるとしたならそれも悪くない。

彼女に触れていると矛盾する感情が沸き上がってくる。ただ確かなのは、わたしはリディアがいないと生きては行けないほどに、彼女を愛しているという事だ。

リディアの行動一つで、言葉一つで、すぐに心が揺れ動く。

『バン……』

愛おしそうに、名前を呼ばれただけで。

心の奥底にあったドロドロとした感情が、鳴《な》りを潜めていく程に。

隣で眠るリディアの顔横に手をついて、自分の顔をゆっくりと近づけ、薄く開いた可愛い唇に口付ける。小さくリディアの声が聞こえて、ゾクゾクとこみ上げるものはあったけれど、ゆっくりと顔を離した。

「わたしは生涯《しょうがい》君に敵う気がしない。だからね、リディ……」

吐息のかかるほど近くで囁くわたしの言葉は、リディアの耳に届いていないだろう。

「わたしは、生涯《しょうがい》君だけの奴隷だ」


——早朝になって、隣で眠っていたリディアは目を覚ますと慌てていた。


「あれ、癖でこっちに来て寝ちゃったのかな？　隣の小部屋で寝てたんだけど……」

オロオロしている様子がとにかく可愛かった。

わたしのことを心配していたのか、出勤の準備しながらもリディアはわたしをチラチラと見ている。目をつむって眠っている様子を見て、その度ホッとしているのが伝わってくる。

本当は眠ってはいないのだけれど、奴隷として主人に心配させるのは本意ではないので、リディアが安心するまで寝ている素振りを見せておこう。

「バン、行ってくるね」

わたしの頭をサラリと触れる手が心地良くて思わず目を開けそうになった。

思わず腕を掴んで止めようとしたけれど、昨日一晩で考えた事を思い出してとどまった。

◆

元婚約者との生活が始まった翌朝、私はバンリを起こさないように一人家を出た。

バンリには暫く休息が必要だと思われたので、まだ睡眠薬のおかげで眠りについている中、彼を無理に起こすことはしたくなかったのだ。

退屈しのぎの本と食事のありかを書いたメモ、そして自由に使ってもいいお金を準備する。メモには何かあった時の為にと、魔塔の連絡先と連絡方法も記しておいた。

(ダメ元で、室長に奴隷契約解除方法を聞こう)

その思いを胸に、出勤してみると、研究員達がざわめいていた。

何があったのか近くにいた研究員、アフロヘアの班長パルマに尋ねてみる。

ここは変人が多い為、話がすぐにそれがちになるのだが、パルマはその中ではかなり常識人なので、正確な話を聞きたい時は彼に尋ねることが多い。

「一体どうしたの?」

「それがさ、昨日トラビア王が崩御《ほうぎょ》されたらしい。ほら、不治《ふじ》の病気を患っているって四年前から噂されていたろ?」

「そうだったわね」

(確か、国内外でも好色王《こうしょくおう》と有名だった人よね。一部では性病でも患っているのではないかとか、囁かれていたけれど……。私の叙勲《じょくん》の際に御目見したのは、多分影武者だったものね。昔、王太子の婚約者として出席したパーティーで会った人とは違う雰囲気だったもの。……亡くなったという事は、あの時既に国王本人は相当よくない状態だったのかしら……)

「それで、新王が第六王子だったヨゼフ殿下なんだと」

「……第六王子……」

第一王子から第五王子はまだ健在であったような気もするけれど。

とはいえ、大国の王家には色々と内情があるのだろう。

関係ない世界の話ではあるけれど、皆が好奇心を抱くのも理解は出来る。痛ましい話だと思っている者はいないようで、完全に世間話として盛り上がっている。

訃報《ふほう》が流れてすぐの国内で、国民がこんな態度をしていたら通報されてもおかしくないが……魔塔内にはそんな常識は関係ないらしい。

研究室にいる皆が自国の王室話に話に花を咲かせている中、室長だけは興味がない様子で、手元の資料に目をやって仕事を進めている。

(室長は世間話とかどうでも良さそうだもんね)

そう考えていたら、二人で話したい事があるらしく、いつも室長が使っている部屋に呼ばれた。

丁度私も話があったからありがたい。

「話とはなんですか?」

室長が手元にある魔法陣の上に手をかざすと、瓶に入った色違いのポーションが数本現れた。

「おまえ、最近ポーションの質に変化があっただろ? しかも、それを自覚しているな?」

「そうですね、前は薬の方が効果の高いものを作れていたのですが……最近はポーションの方が効果も高く、多様なものが出来ます」

薬とポーションは、効果は同じであっても作り方が違う。

薬は細かな材料を前世の知識を生かして調合して作成する。ポーションは、前世で得た調合センスはもちろんだが、この世界に来てから得た知識、そして魔力を元に作成するもの。

当然、薬を作るよりも、慣れていないポーション作りは私には難易度が高かった。

だから、公爵令嬢時代はあまり手を出さなかったのだ。

けれど魔塔に来てからは、各所から受けた注文のポーション作成に携わったり、他の研究員の手伝いをしたりして、知識も技術も身に付いてきた。

そのせいか、昔よりもポーションの質が高くなったと思う。

特に不自然なことではないと思うのだけど……

「何か、私の作ったポーションで問題が？」

「おまえは暫く、ポーション作りの受注を禁止する。他の研究員にも手を貸すなよ」

「え……なぜですか？　効能は確かです。それとも私のポーションで何かありましたか？」

「突出が過ぎると他人の目は自ずと集まりやすくなる。そして余計な問題を抱え始める。ルア王国でおまえの作ったポーションを手にしたある司祭がおまえに会いたがっているらしい」

「私に？　なぜでしょう。ポーションが沢山入り用なら王宮に申請して正しい手続きの上、注文して頂ければ良いのに……」

「とにかく、暫く受注は禁止だ。引き続き作ったものは俺に提出しろ。はっきりとしてから詳細は伝えるから」

「わかりました」

(私が作ったポーションで魔塔に困った問題が起きているなら、大人しく言う事を聞いといた方が良いよね……)

私が返事をすると、室長はソファにどかっと座り、タバコを吸いはじめた。

その様子から察するに、話は今ので終わりらしい。背中を向けられた形になったので、このまま静かに出て行けば良いのだけれど。今日は私も室長に話があった。

「あの……、室長。私からも話があるのですが」

「見ての通り俺は忙しいから、手短にな」

(見ての通りだと、一服して暇つぶししているようにしか見えないけれど。それは気にしたら負けだから置いとこう)

「この間、〝前セレイア王が消失した〟と言っていましたよね？　図書館で調べましたが、そんな事はどこにも載っていませんでした」

「……」

「それだけなら室長が適当なことを言っているのかなと思いましたが……。でも、室長はバンが、私の奴隷が元王太子だと知っていました。何かを知っているんですよね？　セレイア国に何があったのか教えてください」

「自分で調べろよ、そんなもん。いちいち俺にきくな」

面倒くさいと言わんばかりに、煙を吐きながらため息をつかれた。

……そう言ってあしらわれると思っていました。

でも、普通に調べても絶対わからないから聞いているのだけど。

「普通に調べたってわからない事じゃないですか……室長は普通じゃない方法で、セレイア国の事を知ったのでしょう」

「……おまえ、俺に物を尋ねるのだから、相応に見返りを用意して言ってるんだろうな？」

「……していません。でも、何かお望みのものがあるなら言ってください。研究の手伝いくらいしか出来ませんが。あとは、実験材料の提供とか」

室長の専攻研究は血と黒魔法。

大量の血液を必要とする時もあるそうだが、輸血知識も行き届いていないこの世界では、血液提供を快く引き受けてくれる人間などいないので一時期血液採取に苦労していると聞いた事がある。

血液採取方法を聞いてみると献血《けんけつ》とあまり変わらないから、私は怖くないけれど。

「そんな事をしなくても、答えを知っている人間がおまえの近くにいるだろ。そいつに聞けよ」

「……当人からは、まだ聞ける状態ではなくて」

「へぇ、じゃあ聞けるようになったら聞けば？」

「では……、奴隷契約の解除方法を教えてくださいませんか。……バンが何か説明しようとしたとき、様子が変でした。多分、奴隷契約の何かに引っかかっていて話せないんです」

先程まで、興味なさ気にしていた室長が無言になった。

奴隷契約解除は違法だ。

そんなものを一組織の責任者に尋ねるのはよくないだろう。だけど他に、解除方法を知る人なんて心当たりがない。

「……おまえ、本当に奴隷契約の解除をしたいと思っているのか？」

「え？」

室長はこちらを振り向いて、横目で私の姿を捉えて言った。

「裏切られたと思っても、そいつの前から自分の存在を消す程に追い詰められても。その後、そいつの幸せを願う程に好きだった相手だろ。それが今は全部おまえのもんだぞ。しかも今度は絶対、おまえを裏切らない。どんな理由があろうともな」

室長は灰皿にタバコを押し付けて火を消しながら、「ふっ」と小さく笑う。

「いや、裏切れない」

立ち上がった室長が、こちらへ歩みを進めてきたので、私はジリジリと後ずさる。

「……そんな事、私は望んでないです。この国で生まれ育った室長は、私よりも奴隷について詳しいでしょう？　奴隷に人権がどれほどないのか。それに、彼はまだセレイア王国の王族です。こんな事、セレイア王国にバレたら……」

目の前まで来た室長に、私はもっと後ろに下がろうとしたが、背中に戸があたってそれ以上は下がれなかった。のびてきた大きな手は、私の髪を指に絡ませながらも、両耳を塞いで頭を上に向けさせてくる。鼻先まで端正《たんせい》な顔が近寄ってきた。

そして、奥底に鋭さを潜ませた眼光で、見下ろして言った。

「俺が親切にしたのは、気紛れに過ぎない。これ以上を求めるなら、対価が高くつくが？」

指の隙間から聞こえてくる言葉に私は目を見開いた。

後ろの戸に押し付けられている体勢になっているせいか、息苦しさを感じておもむろに足を踏もうとすると軽やかに避けられる。

くっくっ、と笑われたので頭突きをしようとすると、ヒラリと両手をあげながらも存外素直に離してくれた。

「話は以上か？　これに懲りたら、俺に面倒な事をさせるのはやめておけ」

室長は知っている事が多い。

だが、簡単に答えを教えてくれる人間ではない事は知っていた。

気になる所まで言っておいて、放置する。そういう人だ。

(今まで沢山雑用を引き受けてきたんだから、少しくらい教えてくれても良いのに……困ったわ)

——それに……また気になる事を言い出すし。これは室長に他意のない事だったろうけど。

『ルア王国でおまえの作ったポーションを手にしたある司祭が、おまえに会いたがっているらしい』

先程室長が言っていた、私のポーションに興味を示した司祭がいる国の名前を思い返して、足を止める。

ルア王国。

確か、乙女ゲーム第二シーズンの舞台がそんな国名だった気がする。ゲームに出る国の名前など覚えるタイプではなかったけれど、覚えやすい国名だったので記憶にのこっている。

数多ある国々の中で、たまたまなのだろうけれど。

なぜだろうか、その国名を聞いて胸騒ぎがした。

だけど私に関係したのは第一シーズンまでだ。ただ乙女ゲームに関係しているから気になるだけだろうと思い、ガラリと研究室の戸を開けると、そこにはモルトが満面の笑みで立っていた。

「りーちゃん！　ボクのポーションで面白いのできたの、試したい事あるんだ！」

「そ……そう」

「ボクに何か出来る事があったらいつでも言ってね！！」

「うん。ありがとう」

モルトも奴隷契約の解除方法を知っている。

けれど彼に教えを乞うと、情報の代わりにモルトの作ったポーションやら薬の効果を試さなければいけない。

室長の実験材料を提供するよりも私にはハードルが高いことだ。

（モルトは室長と違って、条件を呑めば本当に教えてくれそうだけど……いや。これは流石に早ま

らない方が良い。今すぐに必要なことじゃないんだから）
ふと脳裏に三年前の事がよぎってリディアは首を横にやんわりとふった。

◇

その日の仕事を終えて、私は定時で帰路についた。

今は夕暮れ時の茜色に染まる空を見上げながら歩いている。

今日は家に残してきたバンリが心配で頭から離れなかった。

（バン、今日は家でよく休めたかな……？）

私がトボトボ歩みを進めていると、後ろから軽やかに走る足音が聞こえてきた。その後、女性の声が聞こえてくる。

「母国の夕陽を見られるだけで、帰ってきた甲斐があったわ～」

女性の声はやけに鮮明に私の耳に入ってきた。

女性と私の間には、人がまばらにいるというのに。

多分私の知っている人の声に似ていたからだと思う。何も考えず、その声に反応して振り返った事を私はすぐに後悔した。

「予定時刻を過ぎておりますから、早く王宮に……」

「もぅ！　どうせすぐにセレイア王国へ嫁《とつ》ぐ身となるのよ？　久々に帰ってきた時くらいはゆっく

りさせてよね！」

「そうは申しましても、ヨゼフ殿下をお待たせしては……」

護衛に諭されている身なりの良い女性は、天真爛漫《てんしんらんまん》に振る舞い、花が咲き誇るような笑みを浮かべている。

その姿に、私は目を見開いて佇んだ。

四年前の女性……いや、女生徒が涙を浮かべながら、私に咎める視線を向けて言葉を紡いだあの日の事を思い出す。

『どうして、こんな酷いことを……』

（私は何もしていない）

出会った頃には一人で泣いていた彼女の周りには。

『悪女め、彼女を虐めるな』

（お願い、信じて）

『貴女が彼女を虐めていたのはみんな知っています。なんて卑怯な人でしょう』

（……ゲームだから？　私の声は聞こえないの？）

また一人。

『どうしようもない娘だ。このままなら、おまえにはいつか天罰がくだるからな』

（お父様でさえも、ゲームの強制力には抗えないというの？）

いつの間にか、一人で泣いているのはその女生徒でなくて。

『私、王太子様が好きなんです。でも……リディアさんとも仲良くしたい。友達でいたい』

（……バンと、顔を合わせるのが怖い）

私の方だった。

『彼女が、階段から突き落としたんです』

みんなを責めてはいけない。バンを責めてはいけない。これは、ゲームなのだから。

定められた役割に従い生きているだけ。この世界での私の役割は、初めから決まっていた。

世界の中心は全て……

「……ミミル……？」

道を行き交う人垣の先にいるミミル。

他者を魅了《みりょう》する程に無垢《むく》で眩しいその笑顔は、私の奥底に仕舞い込んだ記憶をいとも簡単に、容赦なく引き出してゆく。


――どうしてこの国に、ミミルがいるの？


疑問が沸いたすぐ後、私の頭の中にバンリの顔が浮かんだ。

（もしかしてバンリを、捜しに来たのかな？）

メインヒーローであるバンリが奴隷落ちしている時点で、物語が変わっているのは知っていた。

まさか、王族であるバンリが、このままだと思っていた訳ではない。

やっぱり不遇《ふぐう》な目に遭っているメインヒーローを探しにくるなら、その人物はゲームのヒロインの確率が高く、彼女がこの国にいるというのは頷ける展開だ。

そこまで考えると、身を翻《ひるがえ》して駆け出した。

私は、この四年間。

バンリの心は全てミミルのものになったのだと認識して日々を過ごしてきた。

せめて、彼の手で断罪される前に消えようと、友情も恋も地位も故郷も、母国にあったもの全てを捨ててきた。

もう二度と会わなければ、ふとした瞬間に思い出すこともなくなり、胸の痛みも和らぎ、そんな事もあったのだと思えるようになるだろうと思っていた。

だというのに、またバンリは私の前に現れた。

私を見つけて縋り付くように抱きしめてきたバンリは、ゲーム開始前と何ら変わらなかった。

息も止まるほどにきつく抱きしめてくるバンリのぬくもりが、真実は私が考えていたものではないのだと、教えてくれた。

バンリは変わらず私を愛してくれていたのだと伝わってくる。

口にはしていないが、それは確かなものだと思えた。

——でも、四年前、全てゲーム通りに周りの状況が出来上がっていた事も確かなのだ。

（ゲームヒロインが現れたなら。またバンリは、ゲームヒロインであるミミルの側に行ってしまうのかな？）

――バンリへの愛は四年も前に捨てたと考え生きてきた。だから王宮に帰ってしまおうが、ミミルが迎えにこようが、私は大丈夫なはず。


そうして過ごしてきたトラビア国での四年の間、私はちゃんと平穏な日々を送れてきた。

自宅に着いた私は家の鍵を開け、ドアを勢いよく開く。キィッ。

（いない……いや。まだベッドで寝ているかも）

「バン……」

ベッドに近寄るも綺麗に布団が整えられた状態で誰もいない。

「バン、どこにいるの？」

キョロキョロと辺りを見渡した後に、小部屋のドアノブに手を掛ける。開こうとする前に、戸が開いたので戸に手を掛けていた私は前のめりになった。

よろけた私を抱きとめた存在を見上げると、サファイアの瞳と目が合った。

「おかえり、リディ」

「……」

「……何かあった？」

額に浮かぶ大粒の汗は、次から次へと輪郭《りんかく》をなぞるように滑りおち、顎先から滴っている。肩を上下させてじっと見つめてくる私の様子に異変を感じたバンリが、頬に手を添えた。

その瞬間、なぜか、先程問いかけてきた室長の言葉が再び私の耳元で聞こえた気がした。

『……おまえ、本当に奴隷契約の解除をしたいと思ってるのか？』

当たり前よ。バンリを奴隷にしておけない。

『今は全部おまえのもんだぞ』

バンリは誰のものでもない。セレイア国の王族であり一人の人間として意思がある。私が縛り付けていい道理はないし、自分だけのものにしたいとも思っていない。

『今度は絶対おまえを裏切らない。どんな理由があろうともな』


――私は、そんな事を望んでいない。望んで……


「リディ？」

心配の色を宿したサファイアの瞳に陶器《とうき》のように白い肌の整った顔が近くにある。

愛した人の声がする、温もりがある、私を見つめている。

思い出の中にしかないと思っていた貴方が私の目の前にいる。

でもそれは、今だけ。一時のものかもしれない。

『……おまえ、本当に奴隷契約の解除をしたいと思ってるのか？』

（私は、本当に思って……思って……る）

よろけたときに思わず掴んだ、バンリの衣服を握る手が小刻みに震えてくる。

刹那……バンリが私の腰を引き寄せ、首筋にある髪に顔を埋めてきた。

「バン？」

「四年も会わない内に、リディはタバコを吸うようになったのかな？」

「え？」

「……タバコの、臭いがする」

バンリの吐息が首筋にあたりくすぐったい。思わず「んっ」と声が漏れ出た後、私は我にかえり、目の前にある肩をそっと押した。

そして、離れて貰おうと身を捩る。

（バンリに。タバコ臭いって言われた……）

ただ、この事実が普通にショックだった。

公爵令嬢であった時は、当然臭いなどと言われた事はない。

バンリに言われた言葉を理解すると羞恥心《しゅうちしん》が沸き上がり、頬は見る間に熱を持ち、冷静になればなる程、余計にバンリから距離を取りたくなってきた。

「……多分、室長のにおいだわ」

（……ここ数年で、室長が近くにいる事に慣れてしまったせいで、臭いがうつってるなんて気付かなかった。バン、はやく……、早く離れて～）

私の心の叫びなど露知らずとばかりに、バンリは首筋に吐息のかかる体勢のまま質問をしてくる。

「室長って？」

「ん……、私の勤めている魔塔にいる上司でね、ヘビースモーカーなの」

さり気なさを装って喋りつつも、私はとにかくバンリを自分から引き剥がそうと、ぐいぐいと先程よりも強めに肩を押してみるが、相手は全く動じている様子がない。

（もう少し、力を込めないと離れて欲しいという意思は伝わらないかしら？）

「お陰で、いつも室長の近くにいる私の衣服にもタバコの臭いが……」

こうして話しながらも、バンリの肩をより強く押そうと少しずつ力を加え始めた時だった。

私の身体をつたい、するりと足元に滑り落ちた布。

急に肌が外気に晒される感覚に驚いて動きを止めた後、足元に視線をやると、そこに落ちていたのは、先程まで身に纏っていた衣服であった。

いつの間にか、背中にあったリボンを解かれて、下着だけになった事が判明する。

表情と身体を強張らせた私を安心させるようにバンリは一歩後ろへ下がると同時に、私の頭を包み込むように布をふわりと掛けた。

それは、バンリが先程まで着ていた上着だった。

（……あれ？　どこか、懐かしい香りがする……よ）

見上げた時に瞳にうつったのは、いつもと変わらない涼しげなバンリの表情。私が息を呑んでしまったのは、昨日の風呂場での事を思い出したからだ。

『嫌なら、わたしに命令してやめさせてリディ』

「……臭いが染み付いてしまわないように、すぐ洗わないとね」

◇

気が付いたら朝だった。

目を覚ますと、いつの間にか朝だったのだ。

ベッドの上で身を起こすと、その横には寄り添うようにバンリが眠っている。

(私……、いつの間に眠っていたんだろう)

顎に片手を添えて、記憶を思い起こそうと目を閉じる。

確か昨日は……室長にポーション作りを禁止された後、帰り道にミミルを見かけて、帰ってきてバンリを見つけたらホッとして、なのにバンリの様子がおかしくて……

(……昨日は色々情報があり過ぎて疲れちゃったのかな)

視線を下げると、バンリが着せてくれたのだろう、ちゃんと寝巻きを着ていた。

半身をゆっくりと起こして、隣に眠るバンリに視線をやる。

目を閉じて眠っている横顔は相変わらず綺麗な形をしている。カーテンの隙間から入ってくる光の線が白金の長いまつ毛を煌めかせている。

発見した時よりも血色が良くなった事で、尚更、ぱっと見は奴隷とはとても思えない。

もしも、バンリの胸にある奴隷紋《どれいもん》を消す方法がこのまま見つからなかったら……。どうなるだろう。そういう考えが頭をよぎるけれど、顔を横にふってその可能性を否定する。

早く、バンリをセレイア王国に返さなければだめだ。

(でも……奴隷になった経緯を聞かないと、それは危険な気もするし……)

……経緯を聞きたいけれど、なぜかまず、奴隷紋《どれいもん》を消さないとバンリは話せないみたいだし……

「……リディ？」

私の視線を感じて起きたバンリは、寝ぼけているようだ。ゆっくりと目を開け、ベッドについた私の手を見つめたと思ったら、その小指に自分の指を絡めてきた。

妙に擽ったくて思わず胸が高鳴ったけれど、調子を取り戻そうと声をかける。

「おはよう。バンリ」

手の動きを止めて、横目で見てくるサファイアの瞳と目が合った。

(それにしても、昨日も一緒のベッドで寝てしまっていたわ。もしかしなくても、私がよく眠れるようにバンが移動させてくれているのよね)

考えてみれば奴隷契約をしている以上、主人のことを嫌でも第一に考えて行動してしまうと先日読んだ本にも書いていた。ベッドで眠るようにという私の指示に従うけれど、私をソファで眠らせておいておくことは出来ないのかも。

(けれど、それでは疲弊《ひへい》したバンリの身体はうまく休めないよね)

二人住まいが快適に出来る場所へ移るにしても、物件を探すのに多少時間はかかってしまう。

その間も寝床の問題は続くし、しかも私は市場や魔塔から程良い距離に位置しており、設備が整ったお風呂が完備されているこの家を、いたく気に入っているのだ。

できるならば移り住みたくはない。

(困ったわ。人が増えた後の生活を全く考えられていなかったのよね……。とりあえず、書庫として使っている小部屋を整理すれば、シングルサイズのベッドの一つは置けるかも。私の使っていたベッドも、バンが使うには小さいし。今日と明日は休暇だから今日は断捨離をしよう)

『集中してやりたいことがあるから、しばらく小部屋には近寄らないでね』

そう言い残してから小部屋に篭ったのは、私が掃除をするといえば、奴隷であるバンリが必ず代わると言い出すだろうと考えたからだ。

けれど、奴隷として引き取って数日。

栄養と休息が足りていないのが一目瞭然の人に、大掃除や力仕事をさせる気はさらさらなかった。

少なくとも部屋中に積み重なった本を全て縛り上げるまでは、小部屋で何をしているかバンには
バレないようにしようと決めていた。

小部屋にある全ての本を処分しようとしているわけではないけれど、仕事に必要な本は全て魔塔に置いているし、趣味で本を読むならば図書館もある。

夕方になった頃、紐で縛り上げた本を家の外に運びはじめたところ、予想していた通り自分が全てやるとバンリが言いはじめた。

「小部屋を掃除しているのなら後はわたしがやるよ。君はゆっくりくつろいでいればいい。その為

に奴隷商へ来たんだろう？」

「ありがとう。でも、バンがやらなくても魔塔の通信具で助っ人を呼んでいるから大丈夫よ」

私が笑顔でそう伝えたすぐ後、外から玄関の扉をコンコンと叩く音がした。それと同時に「おーい、助っ人に来てやったぞ」という中年男性の声が聞こえてきた。

「あ、ほらちょうど来たみたい。はーい、今出ます！」

小走りで玄関の方へかけていき扉を開けると、そこにはパウロ班長が立っていた。

「おー！　来てやったついでに手土産だ！」

そう言って、掌サイズの巾着袋を私へと手渡してきた。

「何ですかこれ」

「俺が完成させた収納袋だ！　見た目はただの袋だが、別の空間に物を置いておけるっていう、すげえ代物《しろもの》だよ。魔法陣を考える時、すこーしだけモルトにも知恵を借りたが」

「すごい！　じゃあこれを使って、今日は本を運び出してくれるんですね！」

「いや、ホーキンスが持ってる本は、魔法を使用してるのもあるだろ？　別の魔法が混じると壊れちまうから、本は俺が荷台で運んでく」

そう言って、木製の荷台を指し示した。

「そういう訳だから、さっさと終わらせるぞ」

「はい！　突然のお願いでしたので、すぐに駆けつけてくださるとは思いませんでした……。ありがとうございます、パウロ班長」

責任ある立場のパウロ班長だが、先日長期休暇を取っていた。

その裏側には、私が休みを返上して働いたという事情があり、借りを返したいから困った時には声を掛けるようにと言われていたのだ。

「なーに、ホーキンスは俺が長期休暇を取得している間、三ヶ月も休み返上で働いてくれたんだ。これくらいどうってことねー……」

談笑しながら意気揚々と部屋に上がり込んだパウロの語尾が弱々しくなる。

「パウロ班長、どうしました？」

佇んでいるパウロ班長に後ろから声を掛けると「や、どうかしたっていうか……えぇ、誰？」と小さく声を漏らした。

「ああ、えーと、彼は、なんというか……」

「あー。いや、説明しなくてもわかる。先日室長に勧められた奴隷を買ったんだろ？」

歯切れ悪く、バンリを紹介するべきか迷っている私に、魔塔唯一の常識人は察しも気遣いも常識的……いや、出来る人なので、何でもないことのように述べた。

「う……」

「恥じるなよ、トラビア王国に住む稼いでいる奴には珍しくないことだ。むしろ、稼いでいて、独り身なのに奴隷の購入を躊躇《ちゅうちょ》する方が変わっているんだぞ」

そう言って、パウロ班長はやや俯いた私の頭をポンポンと撫でた。

「そういえば、パウロ班長はどうしてバン……彼が奴隷だとわかったんですか？」

「あ、ああ……そりゃ、そいつが首に黒いチョーカーをつけていたからだよ」

そう言って、指差した先はバンリの首元だった。そういえば、奴隷商で再会した時にはつけていなかったものだ。

パウロ班長は続けて説明してくれた。

「あのチョーカーは、一目で奴隷と人間の見分けをつくようにしているものだ」

「え……」

「そんな顔しなくても、奴隷自身で外すことは出来ないが、奴隷の主人であるホーキンスなら外せるから安心しろ」

パウロ班長の言葉にほっと胸を撫で下ろす。

「チョーカーで奴隷契約を履行《りこう》しているわけじゃないからな、あくまで、差別化をしたいって意向をもつ主人の為のもんだ。あれに鎖をつけて繋いでおくなら外さないほうがいいぞ。一度外したら、必要になった時奴隷商で改めて新しいチョーカーをこうにゅ……」

「いえ、今後も必要ないものなので外します」

親切にも細かく説明してくれようとしている言葉を遮って断言した。

そんな私にパウロ班長は「まあ、ホーキンスならそういうと思ったよ」と笑うと、次の瞬間にはなぜか表情を再び凍りつかせながらも、黙々と荷台への積み込み作業をやり遂げた。

そして、お礼の為に用意したお茶を一口も飲むことなく、颯爽《さっそう》と帰っていった。

「なんだかすごく急いでいたけど……予定があるのに呼んでしまったのなら、申し訳ないことをしてしまったわね」

残されたお茶を啜りながら口にすると、「きっと予定を忘れていて思い出したんだろう。リディが気にすることではないよ」と何でもないことのような口調でバンリの返事が返ってきた。

◆

「すごくスッキリしたね！」

大量の本がなくなった小部屋は思いの外広々としていた。こうしてみると小部屋というよりちゃんとした部屋だ。

リディアは小部屋にある小さな窓を開けて、嬉しそうに笑っている。

「後は、明日バンと買い物に行くとして。――その前に、ここのソファにちょっと座って」

リディアの言葉を聞いて、わたしはソファに腰をかけた。

目の前へ立つリディアを見上げると、再会してからまじまじと見る機会のなかった自愛に満ちたアメジストの瞳が、近くまで寄ってきていた。

わたしは時が止まったような感覚を覚えて、身を固くした。

再会してから初めて、自らの意思で近寄ってくる白く細い手。その手がわたしの頬を囲むかのようにして伸びてくる。

小さく息を呑んだ刹那――その手は首元にあるチョーカーにそっと触れて、形の良い小さな唇が

「解除」と一言呟く。淡い光を放ち首を緩く締め付けていたチョーカーは、消えていく。

「これで、他の人にはバンが奴隷だってすぐにはわからないはずよ。だから、明日は一緒にお買い物を楽しもう」

ニコリと微笑を浮かべるリディア。

わたしは瞬きを忘れて、動揺《どうよう》を宿したまま動けずにいた。

先ほども彼女と共に働いているという男に醜い嫉妬《しっと》心を抱いていたのに……リディアはなんと清らかで心優しいんだろう。

動けないでいるわたしに対し心配した様子のリディアが「バン？」と声をかけてくる。

のぞき込もうとする彼女に対し、わたしは何でもないようにつくろった笑みを返すしかなかった。

◆

晴れわたる空の下で、外套《がいとう》のフードを深く被った私とバンリは市場に来ていた。

「今日が買い物日和で良かったわ。買い揃えたい物が沢山あるのよね」

沢山買い物が出来るように、パウロから貰った収納袋を腰から下げて、いつも持ち歩いているよりも多くのお金を持ってきた。

（正直、バンの購入金額は決して安くはなかったから、これ以上の出費は控えたいところだけれど……）

そう考えながらも、相変わらず私の一歩後ろをキープしてついてくるバンリへと視線をやる。

「そんな訳にもいかないわよね……仮にも王太子殿下の身を預かっているのだから」

小さい声でそう呟きながらも、少し切ない気持ちで財布へと手をやる。

（いいや、今はそれよりも前に、大きな問題があるわ。……正直いうと、本当はこの主従関係がとても気まずいというか。バンをどう扱って良いかわからないというか、まだ私自身が状況についていけないというか）

私は、セレイア王国から逃げてきた違法民だ。

そんな私が意図していないとはいえ、仮にもセレイア王国の王太子であり元恋人である人物を奴隷にしているのである。

そんな状況、誰だって二、三日程度でついていける訳がないと思う。

それに気のせいでなければ、再会してからのバンはなにかを抱えている。私と婚約者でいた時の王太子然としていた姿とは全く異なり、表情がずっと硬くて、どこか影がある。

私が知っているバンリは、堂々と太陽の下で、何の憂いもなく眩しいくらいの笑顔を浮かべていた。けれど今のバンリが浮かべる笑みは、上手く言い表せないけれど、全く別のものだ。

まだ何も聞けていないけれど、彼が変わってしまったのは奴隷になるまでにいろいろあったからかもしれない。理由はわからない。

でも、どこかぎこちなさを感じてしまう。

初めて会った人と一緒にいるかのように、違和感がぬぐえないのだ。

（……セレイア王国でのことを考えてみれば、お互い気まずくて当然。加えて王太子から奴隷になるなんて、きっと想像もつかない苦労をしたに違いないでしょう……）

それに――私に恋をして好きだと言ってくれていた、私がよく知るバンリはとっくの昔にいなくなっているに違いない。

彼と再会したことによって、四年前のあの出来事にはなにか事情があったと知ることができた。

何も聞いていないけれど、バンの目を見たら伝わった。

察するにあの時の彼は、まだ私のことを愛していたのかもしれない。……なにかの事情のせいで、態度が変わってしまっただけで。

でも、あれから四年の月日が経っている。いきなり自分の目の前から消えた存在を、好きでい続けることなんてできるだろうか？

いや、もうその気持ちは整理し終わっているだろう。

再会した時の様子から考えるに、私に対する親しみはあるのだろうけど……

私を何とも思っていないバンリとこんなに長時間一緒にいることが初めてだから、初めて会う人のようなぎこちなさが生まれているのもあるのかもしれない。

バンリにとっては不本意の主従契約をして、私とずっと一緒にいる訳だし……いくら主人が信用出来る相手だとしても、奴隷紋《どれいもん》のせいで私に奉仕しなければならない地獄の状況……

曇りもなく眩しい笑顔など浮かべられる訳がない。

（考えれば考えるほど、バンに何があって奴隷になったのか気になるところだけれど。今は清潔な服を着て、美味しいものを食べて、外を自由に出歩いて。そうすれば傷ついたバンの心も少しずつ癒えていくよね。全てを聞くのはそれからでいい）

「うん。そうね、まずはバンの服を買いに行きましょう」

自分の中で考えをまとめ、一人納得したようにこくりと頷き、バンに声をかけて歩き出す。

「いや、わたしの服は手持ちで充分だから。リディの服を買いに行こう」

「……」

（あ、駄目だ。奴隷紋《どれいもん》で言動も行動も縛られている人に、この言い方ではいけないんだわ）

この時、元婚約者との新生活に慣れるのは、まだまだ時間がかかりそうだと感じた。

セレイア王国の頃とは、全く違う自分達の関係性に、寂しさを感じながらも……〝リディ〟と変わらずに自分の愛称《あいしょう》を呼ぶ元婚約者に、どこかこそばゆい気持ちを抱く。

涼しい風が二人の間を吹き抜けた瞬間――フードの下で困ったような顔をしながらもクスリと小さく笑う私を見て、バンは目を見開いた。

◇

「お買い上げありがとうございました！」

最後の買い物を済ませた後、店を出ると後ろから爽やかな店員の声が響く。

市場の店で予定通りバンリの衣服を購入し、生活必需品を全て買い揃えて収納袋の紐を結ぶ。狼狼える心を抑えながら「さてと……」と声を出して問いかけた。

「いやいやいや。どうして、バンがそんなにお金を持っているの？」


――あなた、奴隷でしょう？　思わずそう口にしてしまいそうになるのをぐっとこらえた。


なんと、店に入る先々で、自分の物はさることながら、私が買い足そうと思っていた品物まで全て、バンリが「わたしが出すよ」と言いながら買い物を済ませたのだ。

バンは私と出会う前は奴隷商にいたはずで、商人が奴隷にお金を持たせたままにしておくわけがない。私と出会ってからもまだ数日しか経っておらず、お金を稼ぐこともできないはずだ。

「それは勿論、働いて貯金をしていたからだよ」

きょとんとしてそう答えるバンリだが、何を考えているのか謎はより一層深まるばかりである。

その貯金というのが、あとどのくらい残っているかはわからないけれど、ベッドまで買ったのだ。

彼はそれなりに纏まった額を使っている。

「貯金って……すごい金額よね。どうして、奴隷商に取り上げられなかったの？」

「それは、リディの持っている収納袋と同じだよ。親切な人に便利な道具を貰ったんだ。一見何の変哲もない小袋だけど、中にはそれなりにお金を入れておける」

そう言いながら、懐から取り出した小袋の口を開いて見せてくれた。私が中に何も入っていない事を確認したあと、バンリは自らの人差し指と中指を入れてスッとお金を取り出した。

「凄いわ、移管魔法の付与《ふよ》された品物は魔塔でも珍しいのに……」

「こう見えて、お金は結構持ってるよ。多少贅沢しても、暫くは生活に困らないんじゃないかな。わたしを購入した費用を払うと言ってもリディは受け取らないだろうから。せめて今後の生活費はここから出そうと思って」

「……」

バンリと最後にセレイア王国で会ったのは、四年前。その頃はまだ彼は王太子だった。

働いたということは、王太子でなくなった後のことだろう。

つまり、そのお金を稼いだのは私と別れてからのことだ。

「どんなお仕事をしていたの？」

私が尋ねると、バンリは口元に孤を描き人差し指を唇に当てた。

「それはね――内緒」

夕暮れ時を背景にしているせいで、フードを被っているバンリの表情はよく見えなかったけれど。

その目元は、笑っていない気がした。

本当に、今のバンは、私が知らないことばかりだ。

そう実感していたとき、少し砕けた口調でバンリは続けた。

「こういう時はさ、質問じゃなくて、わたしに命令すれば良いんだよ」

奴隷の取り扱いを当然のごとく丁寧に説明され、むっとした感情を抱き思わず声を上げる。

「私は絶対に、命令なんかしない」

人もまばらになった市場で、私の声を聞いて驚いた人々が振り返る。

私はその視線を受けてフードを深く被りなおすと、「も、もう帰ろうか」と動揺《どうよう》を滲ませた口調で述べ、そそくさと踵《きびす》を返して家路へと足を進めた。

「なんだ、残念」

その呟きは、夕暮れ時に溶け込んでゆく。


——その夜、一人の奴隷が、安らに眠る少女を横目に、カーテンの隙間から見える満月を見上げて、ポツリと呟いた。


「君にとって、わたしはもう過去の人間なんだろうね。だけど、わたしは君と違って、とても強欲で身勝手な人間なんだ」

王太子であるときは、手にしているもの全てが当然であり、その本当の価値に気付かなかった。

だが当たり前にあったそれら全ては、あっさりと捨てられたというのに。君だけは……

「ううん……」

何の夢を見ているのかわからないが、小さくうめいて寝返りをうつリディア。

その頬に差し込んでいる月明かりに手を伸ばして、指の甲でそっと触れる。

「——わたし達は、あの時、どうしていれば今も当然のように一緒にいられたんだろうね。リディア・アルレシス公爵令嬢」

◇

珍しく夜中に目が覚めたと思ったら、またバンリと二人で一つのベッドを使用していた。

せっかく小部屋にバンリ専用のベッドを用意したのだから、そこでちゃんと身体を休めたら良いのにわざわざどうしてこちらのベッドに……

あ、そうか、バンリはこのベッドで寝ることに慣れてしまったのかもしれないわ。今まで寝心地のよくない地面同然の場所で寝ていたから尚更……はぁ、本当に困ったわ。

婚約者ではない未婚の男女が毎晩一緒のベッドに寝るのはよろしくないし、仮にもバンリは王族なわけだから。

（私が小部屋のベッドで寝よう）

まだ眠りが完全に冷めている訳ではない。目を擦りながらふらりと小部屋へと移動し、目を閉じた。


――そうして完全にリディアが寝静まったころ。

戸を挟んで隣の部屋で眠っていたバンリは、ぬくもりが消えたことを感じ薄く目を覚ましていた。

「――リディ？」

己の眠っていたベッドの上で、身を起こして室内を見渡す。

誰も、その呼びかけに答えない。シンと静まり返った暗がりの空間でよく目をこらすと、学園の制服を着ている少女が立っている。

それは、十四歳の頃の元婚約者の姿をしていた。何度も夢で見かけて繰り返されてきた、ただの記憶であり幻。両の手を交差させ、柔らかな笑みを浮かべた少女は唇を動かす。


——知ってるの、私に消えて欲しいんでしょう。


「ま、待て。違う、違う違う違う！　それは、違う！　リディア、違うんだ。結果として、君を追い詰めた。だがそんなこと、わたしは望んでいない！」

必死に訴えかけながらも、掴んで引き留めようと手を伸ばしたが、白い光の粉となって消えた少女に手は届かない。

そして、その光の粉は黒い粉となり、黒い粉はまた別の人間の姿を現した。玉座から立ち上がった人物が、暗く淀んだ瞳でバンリを見下ろしている。

「……父……上」

その淀んだ瞳は、自分を責めているようにも感じる。

「バン！　バンリ！」

自分以外の大きな声が聞こえて、バンリはハッとした。

気が付けば腕の中でリディアを潰してしまいそうな強さで、縋りつくように抱きすくめていた。額からつたい落ちる汗が、肌を滑り落ちてゆく。何も話そうとしないバンリの腕の中で、リディアは何も言わず、ただ抵抗せずにいた。

◇

「おはよう。リディ」

「今日ね、一緒に魔塔に行きたいと思っているんだけど、バンリの体調的にどうかな？　外に出られそう？」

「それは嬉しいな、身体なら大丈夫だよ。わたしも魔塔には行ってみたいと思っていたんだ」

この日、私はバンリを魔塔に連れていくことにした。

部外者がなぜ入れるのかという話になるけれど、それは魔塔の掲げている〝自由研究〟という、夏休みの宿題のようなポリシーに従い、奴隷契約解除について研究する事を申請したから。

思った通り、法律に触れるような研究だというのに、研究内容としてすぐ承認された。研究の材料として連れてこられたバンリは魔塔に入れる。

一度申請した研究は一定期間経つと、研究結果を報告しなくてはいけない。

つまり、申請しておいて研究していませんでしたという結果は通らない。実際研究した資料が必要になるのだ。

今の私には時間があった。室長にポーション作りを禁止されているし、薬作りは新薬の開発をやめて、既存の商品のノルマ数さえ作成すれば、後は何の研究をしようが自由だ。

空いた時間は、奴隷契約解除の研究に当てられる。

奴隷契約の解除は、この国では法律違反だけれど、魔塔は公的機関の捜査が入りにくい。

もし今までに魔塔へ公的機関の調査が入っていれば、室長は今頃、ここにはおらず、牢獄《ろうごく》行きになっている気がする（多分だけど）。

その室長がシレッと室長をやっているのが魔塔なのだから大丈夫という、謎の自信があった。

――とはいっても、私にとって違法行為をするというのは経験のない出来事で、内心まだ迷いもある。


色々と心の中で言い訳しながら、研究室に入る為、戸を開けると、中にいたモルトが勢いよく駆け出して飛びついてきた。

「りーちゃん！」

尻尾をブンブンと左右に揺らしながら、両手を広げて私に抱き着こうとしたモルトを、後ろからスッと現れたバンリが掴んだ。

「モルト、おはよう。どうしたの？」

「う〜！　りーちゃんが昨日帰った後にね……、それよりこの人だぁれ？」

モルトは、自身の首根っこを掴んでいるバンリをキョトンとしながらも見上げた。

「彼はバンリって言ってね……」

「リディアの奴隷だよ。よろしく」

……その瞬間、方々で皆のざわめきが聞こえてくる。

リディアは面食いだったのか？　室長は知っているのか？　あの外見で購入した奴隷という事は……そういう事をさせる為に？　意外だ。


——等々、風評被害が一瞬で広まった事を悟った。


いや、隠す気はなかったけれど、それでもやっぱりバンリ自身のために、バンリが奴隷である事を極力周囲には告げる気がなかったというのに……

今、同僚《どうりょう》達みんなの頭の中で不純な想像が広がっている事は、赤面しながらチラチラと向けてくる視線から想像出来る。

奴隷は高額な商品で、外見の美醜も料金に関わってくると言われている。

わざわざ高いお金を積んで、バンリのような奴隷を購入したと言ったら、そういう想像をされるのは分かっていたけれども……

——バンってば何で自ら奴隷である事を伝えちゃうの……、折角購入してすぐに首の施錠《せじょう》も、足枷も外したのに。

だから、黙っていれば、奴隷だってバレないのに。これからも行く先々で自己紹介するたびに自分が奴隷である事を名乗っていたら、枷を外した意味がまるでない。

私の悩みを他所に、モルトは嬉しそうに瞳を輝かせた。

「君、奴隷なんだね！　ボクはモルト！　ボクは元奴隷なんだよ！　分からない事があったら何でも聞いてね！　よろしくね！」

元奴隷だったモルトは同類？　を見つけてとてつもなく嬉しいという事が伝わってくる。犬耳をピンと立ち上げて、尻尾がパタパタと動いているから分かりやすい。

「元奴隷？」

モルトの話に反応したバンリに、私はハッとして頷いた。

そして、小声でこっそりとバンリに伝える。

「ここには、奴隷契約を解除出来る人がいるの」

「奴隷契約の解除？　……そんな事が出来る人がここにいるの？」

「そうだよ。だから安心して、バン。時間がかかったとしても、方法がある事はわかってる。だから、私は必ず貴方を奴隷契約から解放するわ」

室長に呼ばれたので、バンリを紹介する為にも連れて行く事にした。

実際、奴隷にされているバンリを前にしたら、ほだされて奴隷契約を解除してくれないかという淡い期待があった。室長がそんな人間かと、疑問に思う人もいるだろうけれど、これにはちゃんと根拠がある。

室長は、過去にモルトの奴隷契約を解除したのだ。そんな事をした理由はきっと単純で、モルトに情が移ったからだろうと思う。

周囲には冷たい現実主義者と誤解されがちだけれど、室長はセレイア王国から脱出したいという私の話を真剣に聞き入れて手を貸してくれたし、実際このトラビア王国に召喚された時は、その後の生活が立ち行くように色々と手配してくれた。

だから室長は本来、とても面倒見が良くて優しいのだと私は思っている。

普段の態度からは周りには分かりにくいけれど、困った時はいつだって助けてくれたのだ。

それに、間接的ではあるがバンリの事を教えてくれたのは室長だ。私が訪れた奴隷商は、室長から聞いたものだったのだから。

——なぜ、セレイア王国の元王太子が奴隷として売られている事に気付いたのかはわからないけれど。

これだけは確かな事。

私がバンリを見つけなかったら、バンリは娼館《しょうかん》の女主人の元へと売られていた。

バンリが、私が知らないところで苦しんで、ずっと奴隷として生きていたかも知れないと思うと、胸が痛くなるし、想像するだけでも怖かった。

（……室長の仕事をもっと手伝って恩返しをしようと思っていたけれど。優先したいのは、バンリの奴隷契約解除。室長が契約解除の方法をすんなり教えてくれたら、私はすぐにでも恩返しを……）


――なんて、先程まで甘い事を考えていた自分を怒りたい。


「三ヶ月後、研究成果出せなかったら給料四割カットな」

「え、ちょ……ちょっと待ってください。既存の薬の生成でも魔塔に貢献して……」

「無駄な事に時間を使うな」

「無駄……って、魔塔での研究は自由。それがポリシーで……」

「結果も出せない研究に金をやる程、うちは優しくねーよ」

「でも……、やってみなくちゃ……」

「だから三ヶ月時間やるっつってんだろ」

「三ヶ月の研究で成果を出せる訳が……」

言い募ろうとする私を制すようにタバコを口に咥えて、椅子に座ってふんぞりかえったまま、室長は手を上げた。

黙って話を聞けと言わんばかりで納得もいかないけれど、室長は聞く耳を持てない事はとことんシカトする人なので、私は諦めて一旦黙る事にした。

「ここに呼んだのは、その話をする為じゃねぇ」

「……では何の用事ですか？」

「昨日、王宮から魔塔へ使者が来た。リディア・ホーキンス宛にトラビア王の勅命《ちょくめい》を持ってな」

室長から差し出された手紙は煉瓦色に金縁の封筒。

それは、勅命《ちょくめい》を下された本人しか開けられない国王陛下からの手紙に他ならなかった。

「トラビア王から……？」

キョトンとしながらも、その手紙を受け取った私の斜め後ろで、バンリの雰囲気が変わったのを室長はチラリと一瞥する。

私は室長から〝ここで手紙の封を開けろ〟という視線を感じた。

王の勅命《ちょくめい》が記された手紙は特別なものだ。封に施された魔法により、当事者しか開封することは出来ず、それ故に、王の勅命《ちょくめい》を受けた証拠となる。

後ろめたい毒薬を作れという内容でもなさそうだと思うのだけれど……

しかし、私が軽く捉えているのに対して、室長の目には警戒の色が宿っていた。

「何か、お仕事のご依頼でしょうか？」

「そうであれば、わざわざ王の勅命《ちょくめい》である必要はないだろうな」

――そう言われると確かに気になる。わざわざ勅命《ちょくめい》を出す理由は何だろう？

封を開けてみると、そこには王宮へ来るようにと言った内容と、日時が記されている。

「どうやら、王様への謁見《えっけん》を求められているようです」

「おまえは、トラビア王と面識はあるのか？」

「いえ……現在のトラビア王とは確か……（過去も現在も）特に、面識はなかったと思います」

母国で王太子の婚約者であった際には、巷《ちまた》で好色王《こうしょくおう》と呼ばれたトラビア王にご挨拶をしたことがあるけれど、好色王《こうしょくおう》は最近崩御《ほうぎょ》されたと聞いている。

現在のトラビア王は御年十八歳の若き獅子王《ししおう》と呼ばれる、ヨゼフ・トラビア。

元々は王位継承権第六位と決して高くはなかったこともあり、数多いる好色王《こうしょくおう》の子供の一人と周囲には認識されていた。

私が王太子の婚約者であった頃、お会いすることはなかった……と思う。

「どうして、そのような事を聞くんですか？」

「先王が碌でもない王なんだよ。先代も、先々代の王もな」

「碌でもない……とは？」

「欲深いクズだな」

「欲深い……クズとは……？」

「……まあいい。どの道、勅命《ちょくめい》なら王に会うしか選択肢はないだろ」

途端に興味が失せたといわんばかりに、会話を締められた。

「話は、終わりですか？」

「あぁ。仕事に戻って良い」

一体何が気になったんだろう？　背を向けて、戸に向かう後ろで、バンリと室長は視線を交える。

「……そうだな、取り敢えずそこの奴隷は置いていけ」

「え？」

「話があるんだよ」

「話って何ですか？」

「おまえにはもう話はねぇ。研究室にさっさと戻れ」

「……」

「何だ？　その疑わしい目は。おまえの実験材料を横取りしやしねぇよ」

◆

ある日、リディアがタバコの臭いをつけて帰ってきた。この国でタバコを吸う女性は珍しい。男のものだと予測しながらリディアに問いかけた結果、やはりわたしの考えた通りだった。

——臭いが染みつくほど密着されるってどういう状況？　いつもそうなのか？

そんな職場環境なら、彼女に近づく男をどうしてやろうかと思っていた。その男は魔塔の室長で、リディアが隣国へ来てから随分助けられているという事も聞いたけれど。

頑固に付着している臭いを感じる度に、関係ないなとさえ思いつつあった。

要するに気に食わなかった。

どんな男なのだろうか。きっとリディアが可愛いから無闇やたらにベタベタしてくるに違いない。……本当にどうしてやろうか？

そんな思いを抱えつつ、リディアと共に魔塔へ向かう。

最初に案内された研究室にはそれらしい人物はおらず、それよりも気になったのが……

（……職場に男しかいないね）

こんな所に数年間リディアは無防備な状態でいたのかと思うと、嫌な予感しかしない。

この中の誰かに手を出されていないだろうか？　いないよね？

それにしても、無邪気なフリをしてちゃっかりリディアに抱き着こうとしてくる奴がいる。

十歳前後だろうか？　それはもう子供で通用しない年齢だろう。

わたしは十歳で初めてリディアとキスをしたから。

それを普通に抱き止めようとしているのは、どういう事か、後でリディアに聞く必要があるかもしれないね。

——苛立ちもピークに差し掛かっていた時、リディアが〝室長〟とやらに呼ばれてわたしも付いて行く事になった。

そして部屋に入った瞬間に理解した。

——こいつだ。

部屋に広がるタバコの臭い。想像よりも随分若く鋭い目付きだが端正《たんせい》な顔立ち。意思を秘めた瞳に、無造作《むぞうさ》な黒い髪。

一目見た時にわかってしまった。臭いが染み付き、それを本人が気付かなくなるほど常にリディアと行動を共にしていた男は、こいつだ。

わたしはこの男を知っている。奴隷商にいた頃に、何度かわたしのいる檻《おり》の前で足を止めていた。

そして、こいつは、好色王《こうしょくおう》は自分が先に地獄へ送ったと告げてきた。

当時は名も知らない不思議な男の事など、どうでも良かったが。それが、リディアの上司だったなら話は別だ。

「これは、わたしがここにいるのは、偶然ではない。そうだね？」

わたしの問いかけに返事を返すことはなく、その男は要件を述べてきた。

「おまえ、奴隷契約を自分で解除出来るだろ？」

「……いいや。わたしはただの奴隷だから、奴隷契約の解除なんて出来ないよ」

口元に弧を描いて、笑顔を浮かべる。

男は白々しいとばかりにため息をついた。

「まぁ良い。いつまでも、茶番《ちゃばん》が続くと思えないがな」

目を細め、男をじっと睨みつけるが、彼がこちらの様子を気にしている様子はない。


——続けてみせるさ、茶番《ちゃばん》でも何でも。


わたしが奴隷でなければ……、万が一にも王族のバンリに戻れると分かったなら、今のリディは迷いなくわたしだけをセレイア王国に返そうとするだろう。

自分はこの国に残ったまま、わたしと違える道を当然のように歩んで行くだろう。

あの日。わたしの前から消えたあの瞬間から、リディアは王太子の婚約者であった事など、過去にして、新たな未来を進む事を決めていた。

奴隷商で自分を見つけた時、フードの下で驚愕していたリディアの顔を思い出しながら、ギリっと奥歯を噛み締めて耐えるように拳を握り込んだ。

「焦ったらダメだ……」

◆

バンリが室長の部屋で話をしている頃。

私は目の前に差し出された、ピンク色の液体が入った試験管を前にして、公爵令嬢であった頃の名残りから動揺《どうよう》を悟らせない為の笑顔をキープしながらも、額から一筋の汗を流していた。

何が起こっているのかというと、私が研究室に戻った途端、まん丸で純粋無垢《むく》な瞳をした、悪意など微塵も宿していない犬の獣人《じゅうじん》モルトが、ご主人様が子犬を褒めてくれる事を期待しているかのように嬉々として試験管を片手に駆け寄って来て、こう言ったのだ。

「りーちゃん、これいる？」

もはや、嫌な予感しかしないけれども、一応聞いてみた。

「これは……なんのお薬なのかしら？？」

「えっへへ〜、商品名は〝疲れ知らず君〟っていうポーションだよ！」

「そ、そう……凄いのね」

「もう！　ちゃんと聞いてよ、本当に凄いんだから！」

非常に嫌な予感がしたので、一体何の効果があるポーションなのか、あえて聞かないでおこうとしたけれど、どうやら純真なモルトにはそうした大人の対応は伝わらないようだ。

「ど、どう凄いの？（聞くのが怖い……）」

「これはね、何回イカされても、すぐに体力が回復するから大丈夫って効果でね！　女の人にとっても人気なんだよ！」

（そっち系の研究一択だとわかっていたけど、ションボリするのが可哀想でつられて聞いてしまう自分が情けない……）

「そ、そう。凄いね」

褒めてあげると、はち切れんばかりに満面の笑みになり、ぱあぁっというエフェクトが見えるようだと思った。犬耳がピコピコと動いている。

こんなに嬉しそうにしているんだから、普段から褒めてあげたいのは山々なんだけど、モルトの〝ねぇねぇ、見て見て〟攻撃は普通の子供のそれではない。

この年頃、普通の子供であれば〝見て見て！　カブトムシ採ったの！〟と報告してくると私は想像していたのだけれど、モルトの〝見て見て〟はちょっと、いや大分違うので扱いが難しい……

「りーちゃんも折角奴隷を買ったもんね！　これきっと凄く役に立つと思う！」

可愛い顔をして、何とも過激な事を言うモルトに自分の耳を塞ぎたくなってきた。

けれども、誤解しているのはモルトだけでなく、耳をダンボにしているこの研究室にいる者全てだという事は容易にわかった。

私はちゃんと否定する機会を得たと思う事にし、極力動揺《どうよう》を表に出さないようにモルトを諭す事にした。

「モルト、バンは奴隷じゃないの。そんな……モニョモニョ……な事はしていません」

「え！　でも……」

「奴隷紋《どれいもん》は、室長が教えてくれなくても私が解除するから。バンを、奴隷扱いしないであげて？」

悲しそうにモルトの頬を挟んで語りかけると、素直なモルトはコクリと頷いてくれた。悪い事を言ったと感じ取ってくれたらしい。

「……てっきりボクは、毎晩彼と寝ているのかなって……そうしたらやっと、りーちゃんにボクの研究……役立ててもらえるって……」

（……あ、耳がペタンってなっちゃった……）

モルトには厳しいかもしれないけれど、譲れない事はピシッと言っておかないと。

周りの研究員の〝何だ……つまらない〟という視線を感じて、先程までの誤解をある程度解けた事にホッと胸を撫で下ろした。

「そうだ、じゃあ、室長《ハビィ》にまた手伝って貰おうよ！　きっとー……」

「モルト、お口チャックして」

私がモルトの頬をむにむにと摘んで注意していると、音もなく、後ろから現れたバンリが問いかけてきた。

「何を手伝うの？」

私は身を翻《ひるがえ》して立ち上がった。

モルトが素直にバンリの疑問に答えてしまう前に、バンリの視界からモルトを隠したのだ。

そんな私を不思議そうに見上げていたモルトの視線は、ポケットから覗く手紙らしき物へと移る。

「バン！　室長の用事はもう終わったの？　何の話だった？」

「リディが奴隷契約解除の研究をするのは、反対だって言っていたかな」

——反対？　まぁ、確かにさっきも三ヶ月しか研究期間をくれないと言っていたから、当然反対なのだろうとは思っていたけれど……

私の研究内容は、私が決めて行う事だ。バンリに言ってもどうしようもない事なのに。どうして私に直接言うのではなくて、バンリに言うのだろう。彼に言ったところでどうしようもないと室長だってわかっているだろう。

バンリの立場を考えると早く奴隷を辞めたいはずなのだから。

いつだって、セレイアの王太子として次期王に相応しい、気高く誇り高い存在であるよう、沢山努力を積み重ねて来た姿を私は知っている。

それなのに、そんな彼が奴隷として一生を過ごさなければならないままなんて、あってはいけない。

奴隷契約の解除は一般常識として、奴隷が死ぬか、主人が死ぬか以外、方法はないと言われている。しかも主人が死んだ場合は、相続人か奴隷商人へと所有者が変わるだけだ。

つまり実質、奴隷から解放される時は、奴隷の死を意味する。

一度奴隷落ちをした人間がこの世界で這い上がるのは、絶望的な確率だろう。

私に隷属《れいぞく》した状態でバンリをセレイア王国に返す訳にもいかない。

私に万が一の事があれば、相続人がいないこの状態では、奴隷契約の権利は再び奴隷商に戻るから。それ程、契約の印である奴隷紋《どれいもん》を刻まれるという事は重たい事なのだ。

だけど、室長ならそんな奴隷紋《どれいもん》を消す事が出来るという。

奴隷契約の解除を可能にした証拠がモルトという存在だ。奴隷が死ぬ以外の方法で、奴隷紋《どれいもん》を消す事が出来ると分かったからには、その方法を探し当てない訳にはいかない。

それなのに、室長は何で〝無駄〟とか〝反対〟だとかばかり言うのだろう。

——バンリに情けをかけていなかったのだとしたら、何の為に、バンリと私を引き合わせたの？

それに、セレイア王国で起こった事も、バンリが何でこの状態になっているのかも。

室長は何かを知っている様子だったのに、何も教えてくれようとはしない。

何で……私は眉を寄せて、バンリへと頭を下げた。

「ごめんね、室長は悪い人ではないのだけど、ちょっと人より利己的な一面があって……」

「リディは、室長と仲が良いんだね」

「仲が良いというより、ここに来てから私が生活出来るように色々手配してくれた人だから、お世話になっているって感じかな」

「そうなんだね。なら、感謝しなくてはね」

「うん、そうなんだけど……。でも、今回の奴隷契約解除の話は別だから。私がちゃんと説得しておく、だからバンは室長の言った事を気にしないで」

「……」

何かを言いかけたバンリの視界の下から、犬の耳がぴょこりと現れた。

視線を下げると、二人の間にいつの間にかモルトが割り込んでおり、ニッコリと笑顔を浮かべる。

「りーちゃん、ボクもこれ一緒に行きたい！」

差し出されたのは、先程室長から手渡された王宮からの招待状。それを高々と上げてモルトは何を期待しているのか、瞳を輝かせていた。

（一度封を解いたら、魔法の効果が切れて、誰でも見ることができる普通の手紙に戻ってしまうのね……）

新たな発見に、内心感心していた私だが、今はそんな場合ではないとすぐに意識を戻した。

――モルトの〝一緒に行きたい〟というのは、王宮へ一緒に行きたいという事よね。

まだ、全文には目を通していなかったけど、モルトの気を引くような事でも書いてあるのかしら？

「モルトが行ってもきっと退屈よ。王様に会うって事は、その間の数時間は大人しくしてないとダメなのよ？」

「うん！　だからね、ボクはりーちゃんの部屋で用事が終わるのを待ってるよ！」

「私の部屋？」

王様に謁見《えっけん》するだけだと思っていた私は驚き、改めて内容に目を通してみることにした。

トラビア王国は大国であり、国土面積が広い。

そして、この世界には飛行機もなければ、新幹線も当然ない。故に、国の端から端へと馬車で移動した場合には、数日かかるし同じ国内でも場所によっては気候が違うほどだ。

王宮から魔塔までならば、馬車で移動した場合一、二日程度で到着するだろうし、休みなく馬車を動かせば半日で済むかもしれないという距離。

だから、数年前に私が調合して広めた薬で流行病を終息させ、その功績を讃えて爵位《しゃくい》を叙勲《じょくん》された時には、自分で城下町に宿屋を手配して一泊した。

けれども今回招待状には宿泊場所として、王宮の一室を用意すると記されている。

加えて、女一人で王都まで来るのは不安だろうから一人だけ同伴者を連れてきても良い。同伴者の部屋も用意するという内容が添えられていた。

要するに、宿屋の手配を自分でする必要はないという事だ。

今の私は他国の公爵令嬢でも何でもなく、一介の魔塔研究員であるというのにも関わらず、王宮へ呼び寄せるにしては、好待遇過ぎる。

普通なら、魔塔の人間が王宮でこのような扱いを受ける事はないし、王宮に泊まるなんて滅多に出来ない経験だ。

モルトが興味を持ったのは、単純に王宮に泊まってみたいという好奇心故だろうという事はすぐにわかった。

(……有難い話だっていうことはわかっているけれど。王宮には出来れば、泊まりたくない……。

私が元王太子妃であった事が万一バレない為にも、目立ちたくはないし……それに、もしかしたら王宮には……）

先日、偶然見かけたミミルの姿が脳裏によぎった。

ミミルがいるかも知れない。いや、きっといる。

だってあの時のミミルの装いはドレスだった。

それに、連れの侍女《じじょ》が〝ヨゼフ殿下がお待ちです。〟と言っていた。


——現トラビア王が、ミミルを待っていると。


掠めた不安が、表情へ出てしまったのか、バンリが心配そうに私の顔を覗き込む。

「リディ？」

「……。そうね。モルトは王宮に行った事がないから見たいよね。せっかくだから一緒に行こうか」

「やったぁ！」

「でも、王宮内で悪戯《いたずら》をしちゃだめだからね？」

「うん！　りーちゃんと初のお泊まりだぁ♪　寝る時はいっぱいお話ししようね！」

よっぽど嬉しいのか、しっぽをブンブン振りながら、モルトが私に抱き着こうとしたとき。目元は見えないが冷たい光を一筋宿し、口元に弧を描いているバンリが、その首根っこを掴んだ。

「同伴者は〝一人だけ〟なんだろう？」

「え……ぇえ。そうね……」

「わたしはどうすれば良いのかな？」

「バンリは、お留守番……かしら？」

「リディ、わたしは君の奴隷なんだけど」

モルトに向いていた視線が、ゆっくりと持ち上がる。

私は誤魔化すように視線を泳がせた。

しかし、なぁなぁにはさせない為か〝もう一度問いかけるよ？〟と言わんばかりに、やけにハッキリとした声でバンリは問いかけてきた。

「どうすれば、良いかな？」

（……。確かに、今のバンリをここに一人で置いていくのは可哀想かしら）

リディアは一生懸命考えた後、名案を閃いた。

「モルトの代わりに、室長の研究のお手伝いをして貰うとか……」

――いや、経験者じゃないとそれはさすがに厳しいかな、これはパウロ班長にお願いしよう。

じゃあ、バンリの事は他の研究員に頼んだ方が良いかしら……

「……。そんなに、この犬コロを連れて行きたいの？　わたしよりもこの犬コロと一緒にいたいって事？」

悲し気に眉を寄せて小首を傾げてくるものだから、私は言葉に詰まってしまった。

因みに、バンリに未だ首根っこを掴まれたままのモルトは頬を膨らませて「犬コロじゃなくてモルトだよー」と怒っていたけれど、その訴えをバンリが聞いている様子はない。

一方私は、悲し気に眉を寄せるバンリに胸を痛めていた。

バンリよりモルトが良いとか、そういうわけじゃない。

だけど、王宮には彼女がいるかも知れない。

そう考えるだけで、バンリを連れて行きたいとは思えなかった。

(強制力で、いつかミミルとバンリが鉢合《はちあ》わせるかもしれない。だけど、今は私の――)

そこまで考え、私は自分が思った事に驚いて己の口元にそっと手を当てた。

◆

トラビア王国、現国王のヨゼフ・トラビア。

本来であれば王位継承権第六位であり、王位を継ぐ可能性は低いと判断されていた第六王子だった。そんな彼は幼少期より国内の片田舎で息を潜め、ひっそりと暮らしていた。

ところが、幾重もの偶然が重なったことにより、急遽、彼は王位を継ぐべき人間として王宮へと呼び戻され、トラビア王として君臨《くんりん》する事になったのだ。

現在、ヨゼフは王宮の一室にある〝勝利の間〟と呼ばれる場所にいた。

好色王《こうしょくおう》と呼ばれた先代トラビア王の絵姿が描かれている天井の丸画を中心として、彫刻《ちょうこく》・絵画等均整のとれた品々が、静的で理知的な構成の美しさを損なわずに並べられている。

軍事的勝利をテーマにした大理石とブロンズの空間に備え置かれた彫刻《ちょうこく》・絵画には、トラビア王国が勝利してきた国々が描かれていた。

ヨゼフは一つの絵を前に足を止めて、ポツリと呟く。

「――どこに隠れている……。好色王《こうしょくおう》」

コンコン。扉をノックしてから入ってきた側近は、思ったよりも早い来客の知らせを持ってきた。

「失礼致します。陛下、ルア王国の司祭がご到着されました」

「そうか、随分早かったな。手紙に書いていた通り、一刻も早く彼女に会いたいと言うことか」

「如何いたしますか？」

「良い、どうせ部屋は腐るほどあるんだ」

「畏まりました。ではそのように手配致します」

報告を聞き終わったヨゼフは再び、先程見据えていた絵画に視線を戻した。

そして手を伸ばし、金の額縁をなぞる王の姿に、側近は問いかける。

「如何いたしましたか？」

「……ルア王国か。同じ同盟国だというのに、セレイア王国とは随分違うと思ってな」

第五章　王宮と新たな王

「うわあぁああ、りーちゃん凄いよ、綺麗だしおっきいね！」

モルトの感嘆の声を聞いて、私も新鮮な気持ちで、周囲を眺めた。

トラビアの王都は、リディアが慣れ親しんだ母国、セレイア王国とはまた違う発展と賑わいを見せており、異国文化の違いが端々に見て取れる。

（モルトがはしゃぐのも無理ないなぁ……私も何だか楽しい）

「時間もあるから少し見てまわろうか。迷子になるから、あまり……」

私が何かを言う前に、既にモルトは駆け出した後だった。

まだ子供に見えるけれど、獣人《じゅうじん》であるモルトは足が速い。

あっという間に人垣をすり抜けて駆けて行く姿に、この世界では連絡手段がない事を思い出し慌てた。

急いで追いかけようと足を踏み出したその瞬間、強風が正面からブワリと吹き上げ、目深に被っていたフードが捲れ上がりそうになった。

（まずいわ、髪が！）

目立ち過ぎる銀髪は、セレイア王国内でもアルレシス公爵家唯一のものである。だから、普段街中を歩く際も気をつけてはいた。

しかも、ここは城下街で高貴な方々も通るような道の往来だ。

「だからわたしを連れて行くべきと言ったのに」

一言、そんな声が聞こえたかと思うと、逞しい胸板に顔が埋まる。

後頭部に回された手のおかげで、フードがめくれてしまうことはなかったが、街の往来で抱き締められているかのような体勢になった。

行き交う人々の視線を感じる。これはこれで凄く目立っているわ……バン。

(――？　バン？)

「何でここに？」

私は困惑した。

困惑するのも無理のない事で、彼は本来この場所にはいないはずの存在なのだ。

というのも、魔塔から王都へは馬車に揺られて通常一、二日かかる。

昨日不満気ながらもリディアを見送ってくれたバンリが、なぜ今、ここにいるのか。

(確か、パウロ班長のお宅にいるはずだったのに。ここまでどうやって来たの？　馬車は？)

「何でって。酷いご主人様だなぁ。自分の奴隷を置き去りにするなんてさ、もう少し物は大切にした方が良いよ？」

「バンは物じゃ……」

「奴隷は法律で人権が認められていないから、物とカテゴリされているよ」

「え。そ、そうなのね……」

——あれ？　いつの間にか話題がすり替わったような。

確かに、知らない土地で奴隷という待遇の中不安でいっぱいだろうバンリを、一人置いていった私が悪いのだろうけれど。今聞きたいのはそこじゃない。

「どうやって、ここに来られたの？」

その問いかけに、バンリは左耳を指さしてもう少し寄って欲しいとジェスチャーをした。

私が素直に左耳を差し出そうとすると、大きな手がフードの中へするりと入ってきて、銀糸の髪に指を絡め、右耳の裏に添えられる。

じっと数秒見つめられた後に、ゆっくりと近付けて来るバンリの顔が妙に魅惑的《みわくてき》で、私は継続する困惑と緊張で身を固くした。

そんな私を見てバンリは、ふっと笑みを浮かべる。母国にいた頃の一点の曇りのない笑顔とは違って、どこか儚くて刹那的な、見ているこちらの心がキュッとするような笑顔だ。

いつからこんな風に笑うようになったんだろう。

思えば再会してから、バンリの事はわからない事ばかりだ。

——そういえば、セレイア王国にいた時の私は、こんな風にバンリを見上げた事はなかったわ。

今更ながら、昔よりもバンリの背が高くなっている事に気が付いた。

形の良い唇が、吐息がかかってしまう程、至近距離で一旦止まり、頬をかすめて耳元で「秘密」とだけ囁かれた。

「え？」

「だって、教えたらリディに対処されてしまうだろ？」

「それは……（そうだわ）」

朱くなる耳を隠しながら後ずさった私に、ニコリと笑いかけてくる。

相変わらず綺麗な顔をしている。

セレイア王国でのバンリも、成長して成人間近の姿で現れたトラビア王国でのバンリも、とても魅力的だ。女の子で憧れない人はいないだろうと思える。

前世でもバンリは私の一番の推しだった。今世ではそんなバンリの色々な面が見られて、推しという認識を超えて一人の男性として好きになっていた。

優しくて、大切にしてくれて、辛い時も楽しい時も側にいてくれて、好きだと囁いてくれた。

いつだって一緒にいてくれて。

それなのに、いつか手放さなければいけない事が、とても不安で悲しかった。

ずっと手放せなかった。それは私にはとても難しい事で。

だけど数年前に、やっとの思いで手放せたのに。

「王宮に連れて行けるのは〝一人だけ〟って書かれていたから、バンは王宮に連れて行けないし……どうしようかな……」

「大丈夫だよ、無駄に広い王宮には空室が沢山あるだろう。一人、二人増えたって向こうも勝手に対応するさ」

（……バンらしくない言葉……。これも強制力でミミルに会うために誘導されている言葉？）

さっきから、セレイア王国でバンリの横にいつもいたミミルの姿が脳裏にちらついている。

みっともなく私がバンリに縋り付き断罪されるまで、この状態が繰り返されるのだろうか。

何度でも。何回でも。

――そんなの、そんなのは、嫌だ。

◆

わたしはリディアの顔色が芳しくない事に違和感を抱いていた。

おかしい。いつものリディアならそろそろ観念して〝ついて来たものは仕方がない〟とでも言いそうなものだと思ったけど……

リディアの様子が変だ。わたしが現れてからどんどん顔色が悪くなっている。

胸に刻まれた奴隷紋《どれいもん》から伝わってくる痛みから、想像したよりもずっと。

――わたしがこの場にいる事を嫌がっている。

……否、何かを恐れている？　わたしについてきて欲しくなかった理由があるという事か。

何だ？　リディアは何を恐れている？

前に、わたしがリディアの家でセレイア王国の事を話そうとした時と同様の痛み……

「……部屋を万が一用意して貰えても、セレイアの王族であるバンを連れて行く訳に行かないのよ。わかるでしょ？」

「わたしがこんな所にいるなんて誰も思わないさ。唯一無二の容姿という訳でもないし。そっくりさんとでも言っておけば。それとも、仮面でもつけてようかな？　リディアも王宮では仮面をつけることにしたんでしょう？」

「……」

王族の前で、民が許可なく顔を隠すことは出来ない。

リディアは強制的に収集された貴族であり客人なので特例として許されたそうだが、奴隷という身分のわたしでは初めから話を取り持ってはもらえないだろう。

その事実を知りつつも、どう伝えようか悩んでいる様子の彼女に対して、話を変えるように言葉を続けた。

「トラビアの王都は夜になると、治安が良くないと聞いた事がある」

「夜に街中を出歩いたりしないわ。それに、今回滞在するのは王宮だし……」

「昼間だって何があるか分からないだろう？　君は、常に護衛がいたからわからなかったかもしれないけど」

「……そんなに、私について行きたいの？」

「うん、行きたい」

キッパリと言われて、リディアは困り果てた顔をしている。

だけど、何を恐れてわたしを寄せ付けないのか把握しておきたい。リディアが嫌がっているなら、そっとしておくべきだと、前のわたしならそう思ってそこで終わっただろう。

でも放っておくとリディアは、わたしの知らない所で弱って、傷ついて。

最後にはまたわたしの前から消えてしまうかもしれない。

あんな地獄は――もうわたしが耐えられそうにない。

「……どうして、王宮に行きたいの？　バンにとっては、初めてと言う訳でもないのに」

「近くにいた方がご主人様を守れるだろう？」

「本当に、それだけ？」

「勿論」

「本当は、会いたい人がいて、手掛かりを探しに来たんじゃないの？」

問いかけられた言葉から、わたしはとある出来事を思い出していた。

まだわたしがトラビア王国に来てすぐのこと。

商品の奴隷として荷馬車に揺られていた道中で、好色王《こうしょくおう》とどうやって接触するかひたすら考えていた。そう、わたしは、トラビアの好色王《こうしょくおう》に会うためにこの国にきたのだ。

けれどそんな事を考えている一方で、いつも思い出していた。

リディアがトラビア王国に興味を抱いて、わたしに語っていた思い出を。

思えばわたしが、ここへ捜しに来ていたのは……

「リディア……」

そう呟いてから我にかえると、目の前にいるリディアは〝しまった〟というような顔をして青ざめている。どうしてそんな顔をしているのかと問いかけたくて手を伸ばしたとき、後ろから服の裾を引っ張られたので視線を落とした。

そこには紫色の液体を掲げているモルトがいた。

「見て見て！　これ、ボクが作ったの！　そこで売られてたんだ」

今は犬コロに構っている場合ではないと視線を戻してみれば、先程まで目の前にいたはずのリディアはいなくなっていた。

周囲を見渡してみれば、わたしがいる方向と逆方向に向かって走って行くリディアの後ろ姿が見えて、追いかけようと足を踏み出そうとしたその時――

「リ……」

――キンッ。

胸に記された奴隷の紋章がいつになく反応して片膝をついた。

遠ざかってゆくリディアの背中に向かって手を伸ばしてみる。しかし、奴隷の紋章から伝わる、その激痛と苦しみから主人の嫌がることに踏み込み過ぎたということが、正確に伝わってくる。

まともに立っていられなくて、右手で胸を強くおさえ、地面に左手をついた。

あまりの痛みに、頭痛もしてきた。

刹那――塔で会ったあの男の言葉を思い出す。

『いつ迄も、茶番《ちゃばん》が続くとは思えないがな』

◆

気がつけば、逃げ出すみたいに駆け出していた。

自分は一人で立っていられるくらいには、強くなったと思っていた。

なのに、ミミルとバンリが再び出会うかもと想像しただけでこれだ。

ポロリと口をついて出た言葉は、絶対表に出さないと決めていた感情だった。

バンリが今誰と会いたいとか、その相手が誰だとか聞いたとしても、今の私ならとっくに平気になっていたはずなのに。

私は、数年前よりもずっと強くなったはずだと、思っていたのに。

こうも簡単に、数年間積み上げた私の強さは崩れてしまうというのだろうか。

嫉妬《しっと》なんか二度としたくない。

私はもうバンリの事を好きじゃないといつも、何度も自分に言い聞かせていた。

トラビア王国に来てから一度も、会いたいなんて思わなかった。

なのに、再会したバンリがまるで今でも変わらず、私を好きだというように抱きしめてきたから。

それが、余りにもその温もりが懐かしくて暖かいものだったから……

(こんな自分は嫌だわ。手にしていた物がなくなって、毎夜寂しさに押し潰されそうな自分には、戻りたくない)

一人でいられる強さが欲しいと、自分に出来ることを沢山増やして、もがいた数年間だった。

トラビア王国へ来た初めの頃は、新しい生活へのワクワクよりも……

隣にいた愛しい人、家族、友人、よくしてくれていた国の民のことを思い出しては寂しさにうちひしがれて、夜な夜な泣いていた。

皆に、信じて貰えず、嫌われてしまった事が悲しくて。

独りぼっちの寂しさに負けそうだった。何が悪かったのかと沢山思い返していた。

答えは、悪役令嬢として生まれたことを知ったその日から、運命を変えたいと本気で足掻かなかった自分だとわかっていた。

途中から、もしかしたら大丈夫なんじゃないかと、せっかく神様が教えてくれた危険を無視して、都合の良いように思っていたから。

結局、周囲はゲームの通りになっていった。いやむしろ、なぜかわからないけれど展開がゲームよりも早かったかもしれない。定められたストーリーがあると分かっていたのに、何の確信を持って大丈夫と思っていたのか不思議なほど呆気なく、周囲に変化は表れていった。

バンリと一緒にいるミミルを見かける度に嫉妬《しっと》していたのは本当。

だからと言って何かしようとは思わなかった。

敵う相手ではない事なんて初めから分かっていたし、そんな事をしてゲームの悪役令嬢みたいにバンリに嫌われたくないという気持ちも大きかった。

——そんな身勝手な醜い気持ちを、みんなに見抜かれていたのかもしれない。

きっと私がいなくなっても彼らはもう、無感情なのではないだろうか。むしろ喜ばれているかも知れない。そう思うと、独りぼっちの寂しさにひたすら涙が出てきた。

国を離れてから初めて振り返ってみてわかった。生まれてから悪役令嬢になるまで、私は沢山の人々からの優しさに囲まれて、大切に守られていた。

その反動で全てをなくした自分の現状が、とてつもなく心細くて、寂しくて不安でいっぱいだった。

人垣を避けながら、無我夢中で走っていると、同じ方向に行こうとした人物と勢いよくぶつかってしまった。慌てつつも顔が見えないように、頭を下げて謝る。

「すみませ……」

謝罪の途中にも関わらず、ぶつかった人物は私の顎を掴んで、強引に上に向かせる。

驚いて目を見開いている私を見て、その人物は小さく舌打ちをした後に言った。

「また泣いてんのか、おまえは」

◆

とある宿屋の一角には、ＶＩＰの者達しか使用できない酒場があった。カウンター席にいる色香をふんだんに漂わせる女に酒場の主人は問いかけた。

「どうした？　いつになく静かだな」

「うふふ。手に入れたかった物を気前よく貰ってねぇ」

机の上においた小瓶をうっとりと眺め頬を染めながら、女はペロリと舌舐めずりをした。

「それでそんなご機嫌な訳か」

「それだけじゃなくて、面白い噂を聞いたのよ」

思い出しながら、小瓶を弾いて楽しそうに口角をあげる女の表情は、満足げに見える。主人は拭いていたグラスを棚へおくと、興味深げに息を吐く。

「へぇ、そりゃよっぽど面白いものなんだね。興味深い」

「あら！　マスターもあの噂に興味があるの？」

「あの噂？」

「セレイア王国の王太子の婚約者を殺して火炙《ひあぶ》りにされた罪人の話よ」

そう言われて思い出すのは、数年前にトラビア王国内でも注目された大事件だ。

一国の王族が殺されたにしては、その理由が何とも信憑性《しんぴょうせい》の乏しいもので、何かの陰謀《いんぼう》に巻き込まれた少女が濡れ衣を着せられて火炙《ひあぶ》りにされたのでは、とか、本当は婚約者の王太子が殺したのでは等々、多くの悲惨な憶測が飛び交っていた。

「あぁ！　あの悪魔だとか魔女だとか言われて騒がれていた罪人の話か。女将がご機嫌なのは、あの話に関係していたんだな。誰か関係者とでも知り合ったのかい？」

「さぁ、どうかしら」

「最近女将はこの話にやたら興味を持っているな、何かあるのか？」

「まぁねぇ、人の不幸はなんとやらと言うでしょう？」

クスリと妖艶な笑みを浮かべる女に酒場の店主は「やれやれ」と肩をすくめた。

「そう言えば、またその件で妙な噂を聞いたよ」

「相変わらず情報が早いのね」

「これでも、元情報屋だからなぁ」

「あら。お幾らの情報かしら？　私手持ちはなくてよ？」

机に肘をついて、上目遣いを向けてくる女に、主人は吹き出しながら手をふる。

「ふははっ！　よせよ。もう本職は辞めたしなぁ。まぁなんだ、俺はせっせと女将に貢いでるだけさ」

「あらお上手ね、じゃあご褒美にこの小瓶の中身、貴方で試してあげようかしら？　宿の空き部屋はあるのでしょ？」

「おぉ、そりゃ良いねぇ。それだけの価値がある情報かはわからんが」

「うふふ、まぁ情報によるわねぇ。楽しい話か、興味を唆るものなのなら、もしかするわよ？　ふふっ」

「楽しくはないだろうが、女将の好きそうな話だな。その罪人が実は死んでないんじゃないかって噂は聞いたろ？」

「えぇ、処刑場から罪人が消えたとかって嘘みたいな噂でしょう。実は火炙《ひあぶ》りにされた悪魔はまだ生きてるんじゃないかっていう」

「あれには実は続きがあってな……」

第六章　ルア王国に存在する悪役令嬢

洗練《せんれん》されたメロディを奏でる音楽団、煌びやかなシャンデリアの下、華やかなドレスが大輪の花を咲かすかの如く広がりダンスホールの中心で人々は優雅なステップを刻んでいる。

豪華な食事の前で談笑する者もいれば、使用人からカクテルを受け取り休憩している者もいた。

よくある社交界の日常的風景を眺めながら、司祭はある人をじっと見張っていた。

ナイアス侯爵令嬢、ローズマリア・ナイアス。

ルア王国の王太子の婚約者という立場を笠《かさ》に着て、傲慢《ごうまん》で我儘《わがまま》。そして醜い嫉妬《しっと》から多くの悪事を行い続け最近社交界を騒がせている、我がルア王国の稀代《きたい》の悪女。

こんな女が未来の王妃となるのかと、そこかしこで人々は囁き、眉をひそめている。

そうして、とうとう彼女に天罰がくだされる時がきた。

『ナイアス侯爵令嬢、今日この時をもって、其方との婚約を破棄する』

声高にそう宣言したのは、ルア王国の王太子であるジゼ・ルアーク殿下だった。

誰もが突然始まった喜劇のショーへと興味を持って視線をやる。

普段から威張り散らしていた悪女の表情はここからだと全く見えない。後ろ姿を見る限りは、いつも通りのようにも思えたがよく見ると小刻みに、か細い肩が震えていた。

『お待ちください殿下、急にどうしてこのような……』

『〝どうして〟だと？　惚けるな。おまえは自分の悪行の数々を反省していないようだな』

『私は悪行など犯していないと何度もご説明したではないですか。私がした事は、作法のなっていない平民の振る舞いを指摘したに過ぎません、それをなぜこんな場で……！』

『おまえに何を言っても無駄なのだろうな。言っておくが、もう数々の悪事はバレている』

ジゼ殿下が片手を上げると、衛兵《えいへい》が悪女の両脇に現れ『こちらへ御同行願います』と言ってこの場から悪女を退出させようとする。

この国で最も一目置かれている名家、ナイアスの家門といえど、罪を犯した悪女はこれから牢獄へ入れられ、裁きを受けるのだろうとこの場にいる誰もが察した。悪女は己を慕い囲っていた取り巻きのご令嬢達にすらも見放されているのか、この断罪劇を止める者は誰一人としていなかった。

けれどもこの場で一人、悪女本人だけは犯した誤ちを認めたくないのか、必死に我が身に起こっていることへの抵抗を示した。

『殿下……いえ……、ジゼ！　一体どうしたと言うの？　その平民が現れてから貴方は私に冷たくなったけれど、彼女に騙されている事が、本当にわからないのですか⁉』

悪女は元々キツい印象を与えるつり目がちな瞳を、さらに突き上げてジゼ殿下の後ろにいるご令嬢を睨みつけた。

あまりの悪女の剣幕《けんまく》に、ジゼ殿下の後ろで守られるように控えていたご令嬢は涙目になる。

怯えながらもジゼ殿下の衣服をキュッと掴みながら恐怖に耐えているようで、そんな健気なご令嬢の腰をジゼ殿下は優しく引き寄せる。

『君は俺が必ず守る』と語り、ご令嬢へ穏やかに微笑みかけた後、打って変わり冷たい視線を悪女へ向けて、長居は無用だとばかりにその場から離れようと踵《きびす》を返した。

『待って……、お待ちになってください殿下。どうか……。こんなのおかしいわ。嘘よ、こんなの。嘘だと言って、行かないでジゼ！』

あまりの唐突な出来事に悪女は悲痛に叫び、目尻に涙を溜めて取り乱している。

その様子に、ジゼ殿下は一度だけ足をとめて、少しだけ振り返り悪女へ言った。

『君はもう終わりだ。これから覚悟するといい』

ジゼ殿下の言葉に目を見開いた悪女の目尻からは、溜まった涙がツゥ……と頬を滑り落ちた。

あまりの衝撃な展開に足の力が入らなくなったのか、悪女はフラリとよろめいてその場に崩れるようにへたりこんだ。

そんな彼女を下がらせようと、衛兵《えいへい》が悪女の腕に手をかけようとした瞬間、最後の抵抗なのか、触らないでとでも言わんばかりに悪女は顔を勢いよく上げて、叫びにも似た声をあげた。

『行かないで、お願い殿下……、ジゼ殿下……ジゼ！！』

司祭は聖職者として祈りを捧げるたびに、先日起こったルア王国の悪女の断罪現場を思い出さずにはいられなかった。

「神様、どうか我々をお導きください」

第七章　新しい王太子妃？

「また泣いてんのか、おまえは」

私は、王都の地で魔塔にいるはずの室長とぶつかった。

顎を掴まれて顔を上に向けさせられたと思うと、顔を隠せないようにする為か、そのまま右腕を掴んで引き寄せられる。

私は未だ、無我夢中で走っていた時の困惑した状態が続いていた。

もっと遠くへ駆け出したい、惨めな気持ちで泣いている所なんて、誰にも見られたくないというのに。顔を固定されて、室長の目から視線を逸らす事も許されない。

〝離してください〟と、そう声をあげたかったけれど顎を掴まれているので口を開けられない。目で訴えかける為に室長の目を視線で捉えた。

刹那……それまでこの場から離れる事だけを考えていた思考が止まって、ふと思った。

（……不思議な色をしている）

室長の目は、何色とも断定出来ない。虹彩《こうさい》は黒いが、瞳孔《どうこう》には赤みがある。

――どんな原理でこんな色味になるのだろうと考えながら、ぼんやりと視線を合わせたまま何度か瞬きしていると、私は徐々に冷静さを取り戻してきた。

室長が手の力を緩めると同時に、冷静になった私は、今さらながら端正《たんせい》な顔が突然間近に現れた事に驚き、その状況から逃れるように後ずさる。

そしてローブで顔を隠しながら、目元に残る涙の跡を拭った。

「どうして、室長がここに？」

「休暇中だ、答える義務はない」

「えっ、パウロ班長もいるのに？」

室長の後ろに立っていたパウロは、気まずそうに頭をかいて苦笑いを浮かべて頷いた。

「いや、俺、なんかお邪魔だったかもしれないな、ごめんな」

「え？　いえむしろ休暇をお邪魔してすみません」

てっきり仕事で緊急の用事でも出来たのだろうかと思ったけれど、そういうわけじゃないらしい。

とはいえ、室長が休暇を取って王都へ遊びに来るというのも想像がつかない。

相変わらず室長が何を考えているのか、数年共にいても分からないし、考えるだけ無駄なので詮索しない事にした。

「あの……休暇中なのに本当に申し訳ないのですが……モルトとはぐれてしまって。その……一緒に捜してもらえませんか？」

この人混みの中、私は元にいた場所から離れてしまった。幼いモルトの事も心配だけれど、それ以上にバンリの事が心配だった。

バンリは奴隷商から引き取ってまだ間もない。精密検査を受けた時、お医者様から私はバンリの状態についてこう言われていた。

〝重度な睡眠不足。食事もロクに食べていなかったので身体がとても弱っている。気力も衰え精神的な衰弱《すいじゃく》が見られる〟と。

今まで奴隷として酷い扱いを受けていた事はよくわかっていたけれど、聞いていたよりも食欲もあるし、睡眠薬が無くても眠っていたし、元気に見えていたから、他の人に頼んでおけば、お留守番して貰っても平気だと思っていた。

だけど、今のバンリは夜眠る時、私を抱きしめていないと寝付けないようなのだ。

それは私がバンリの顔馴染《なじ》みで、バンリに酷い事をしないというのを彼自身がよく知っているからこそ安心出来るのだろう。

きっと奴隷になってから知らない人に沢山痛めつけられてきたはずで、だからこそ知らない他の人ではダメなんだ。

わかっていたのに、今のバンリがどれほど私を頼りにしているのか。

不安定な状態のバンリを一人で置いて王都に来たら、精神的に弱っている彼が追いかけてくるのは仕方のない事だ。

(私……最低だ。奴隷になって苦しんできたバンの状況を考えていなかった)

「モルトは放って置おいても、勝手に戻ってくるだろ」

室長はそう言って、自分は用事があるからと人混みの中へと歩いて行く。

パウロ班長が言葉足らずな室長を見かねてフォローを入れてくれた。

「モルトは鼻が効《き》くから、こちらが見失ってもいつの間にか戻って来るさ」

「それはそうかもしれませんが、でも……」

「パウロ、早く行くぞ」

人混みの中から呼びかけられたパウロ班長は、申し訳なさそうに頭を下げて室長の元へと小走りで駆けていった。

やはり何か用事があって来たのか、二人はとても急いでいる様子だった。

（一人で捜すしかないか……）

街中を捜してみたところ、モルトは確かにすぐ見つかった（パウロ班長の言ってたように、勝手に帰ってきた）。

けれど、バンリは一向に見つからないまま日が暮れてしまい、人もまばらになってきた。

そろそろ王宮へ向かわなければならない時刻が差し迫っている。

（どうしよう、何か事故とかに巻き込まれちゃったのかな？）

それからまた時間が経過したが、バンリはまだ見つからず途方にくれた。

街の片隅にしゃがみ込んでしまった私の前に、人影がさす。顔を上げるとそこには知らない二人組の男達が見下ろしていた。

「お嬢さん、さっきからこの辺りをウロウロしてるね。誰かを捜しているのかな？」

親切そうな二人組の男達に、私は立ち上がってバンリの容姿を伝えて、この辺りで見かけなかったか問いかけた。

二人組の男達は、「あぁ、それならさっき向こうで見かけたよ」と親切にも教えてくれた。

それればかりではなく、一緒に道案内をしてくれると言うので、甘んじようとしたその時……

「わたしはずっとここにいたのだけれど。君達は彼女をどこへ連れて行くつもりなんだい？」

私が案内されていた方向とは反対の方向からバンリの声が聞こえてきた。

振り返ると、そこには短剣を男の喉元に押し当て、問いかけているバンリの姿があった。

「バン！」

「リディ、トラビアの王都には親切な顔をした悪いおじさん達がいっぱいいるんだから、素直に信じたらダメだよ」

脅す為に添えた短剣なのだろうけれど、首の皮を一枚切り、ぷつりと食い込む刃先から首筋に血がつたっている。

ひんやりとしたサファイアの仄暗い光に、隣に立っていた一人の男は身の危険を感じたのか、悲鳴もあげずに全力疾走で走っていった。

短剣を押し当てられている男は震えながら、懇願《こんがん》するように私を見ている。

「か、彼らは親切心で声をかけてくれたのよ、そんな事をしないで」

「そうは思えないけれど……」

「……バン」

バンリが刃先をスッと下ろすと、男は自分の首元を押さえながら、これまた叫ぶ余裕もなくこの場を離れていく。余程怖かったのだろう。

（……バン）

胸の前で握り込んだ左手を、さらに固く握り込んで意を決して問いかけた。

「……ずっとここにいたって言っていたけれど、どうして出てこなかったの？」

「リディが……嫌がるかと思って」

「私が？」

「わたしをとても、嫌がっていただろう？」

「……。貴方の事が嫌だったのなら、こんなに捜していないわ」

だから、そんなに拒絶される事に怯えたような、悲しそうな顔をしないで。

私は未だ脳裏に浮かぶミミルの姿に想いを馳せながら、一度目を閉じた。


——こういう時。感情の高ぶりが暴走してしまいそうなのを抑え込む時。

私がセレイア王国でやってきた方法を思い出して、それをしっかり繰り返すだけ。

私はこの高ぶりを御せる方法なら、もう何年も前から既に身に付けていたはず。

自分にこう問いかけるのだ。


——私とバン。どちらが私にとって大切なのか。

セレイア王国にいた頃。私は心の中で、いつも自分にそう問いかけていた。

そうすると、どんなに心にもないことだったとしても、落ち着いた心持ちで冷静にバンリに応えられるのだ。

そうやって、いつも自分に出来る最善の行動を選択していた。

ゆっくりと目を開け、安心させる為にバンリの頬にそっと触れてこう言った。

「一緒に、王宮へついてきて」

そう言うと、バンリはやっと安堵した顔をして、自らの手を重ね、私の手の平へ頬を擦り寄せてきた。まるで、愛しいものに触るみたいに。

ミミルに出会う前のバンリを思い出して、私の胸は痛んだ。

◇

バンリを捜していた事で、指定された時間よりも遅れて登城したが、王からは何のお咎めもなかった。謁見《えっけん》の間に通され、玉座に座っている現トラビア王、ヨゼフ陛下を前に膝をついている。

「堅苦しい挨拶は良い、面をあげて楽にしろ」

ヨゼフ陛下の許しを得て顔をあげる。

目の前には脚を組み、肘掛けに腕を乗せて鋭さを孕んだ橙色《だいだいいろ》の瞳が私を見下ろしていた。

左右には、王の姉妹の姿はあるけれども、ミミルの姿はどこにもない。

ホッと胸を撫で下ろしつつも、後ろに控えているバンリがどんな反応をしているのか気になった。けれど、国王を前に振り返る訳にもいかず……そして気になる反面、バンリの反応が怖くてただ前を向く。おのずとヨゼフ陛下と目が合って、既視感を抱いた。

（なんだろう。この人と初めて会った気がしない。目元とか、どこかで最近見かけたような……）

思わず、食い入るように見上げていると、ヨゼフ陛下は私を見て「そうか、仮面をつけていたか」と小さく呟いたあと、ある提案をしてきた。

「ホーキンス卿、話というものは食しながらした方が捗るという。故に、まずは共に晩餐《ばんさん》を食そう」

ヨゼフ陛下の唐突な申し出。食事をするとなると、姿を見せないために付けている仮面を外さなければいけない。この申し出は、私の仮面を外させるためのものかもしれない。

けれど、今の私は否を言える立場ではなかった。

「はぁ……」

晩餐《ばんさん》までは、王宮側に用意して貰った部屋で待機する事になった。

連れてきても良い人数は〝一人だけ〟と招待状に書かれていたけれど、王宮側は何も言わずに受け入れてくれた。

そこまでは良かったけれど、どうやらバンリが奴隷である事は王宮にいる人達は皆、気付いているようだ。この部屋に案内された時、聞こえるように陰口を言われているのが聞こえてきた。

それは、私がフードを被り、仮面をつけて王様に謁見《えっけん》するという異質さのせいもあった。

〝仮面で隠すほど醜い顔をした女が、お金に物を言わせて美麗な奴隷を購入し、連れ歩いている〟

〝なんて下品な女なの？　王は何で得体の知れない魔塔から、怪しく下品な女を城へ呼んだのか〟

耳をすまさなくても、道すがらヒソヒソ話にもなっていない声が聞こえてきた。

爵位《しゃくい》をもらったとはいえ、元は平民以下同然だった者が、貴族や王族にしか見かけられない程に綺麗な奴隷を従えているのが、高貴な方々にはお気に召さなかったのだ。

そんなヒソヒソ話は気にならなかったけれど、バンリが奴隷であるという事がすぐにわかってしまったことが引っかかった。

どんな仕組みによるものかは知らない。

王宮ならではの仕掛けがあるのかもしれないけれど、階級社会の根付いたこの国では、幾ら見た目だけ取り繕っても、分かる人にはバンリが奴隷である事が分かってしまう。

（魔塔に帰ったらすぐに、奴隷契約解除の研究に取り掛かろう）

部屋につくまでに色々考えていた私は人目のなくなった空間に安堵して、ベッドへと倒れ込んだ。

王宮に来るまでの道のりと、今日一日ミミルの存在を身近に感じていたことで、疲れが出てきた。

（このままベッドで横になっていたら、晩餐《ばんさん》前に寝てしまいそう……）

私は身を起こして、椅子に座り休憩することにした。

「りーちゃん、これ冷たくて美味しいよ。最近のボクのお気に入りだから持ってきたの。わけてあげる」

モルトは疲れた様子の私を心配して飲み物を持ってきてくれたようで、ストロベリーの香りがする硝子のコップを手渡してくれた。

飲み物を受け取ると、手がひんやりとして驚いた。氷を入れてもいないのに、硝子越しにも冷蔵庫で冷やしていたように冷たい。

不思議な現象だけれど、研究所の誰かがモルトのために作ったものなのだろうと思えた。

モルトは魔塔で唯一の子供の研究者であり、性格の純粋さから出る発言や振る舞いも相まって、見た目よりも幼く感じる。

年長者の研究員はそんなモルトをかなり甘やかす。孫を可愛がるお爺ちゃんの心理なのだろう。

「ありがとう」

口に含むと、ほんのりと広がる甘さに癒されて疲れが薄れるようだった。

◇

「ねぇ、今晩だけでいいのよ。貴女の奴隷を貸してくれない?」

シミ一つない、床につきそうな程長いテーブルクロスの掛かった長机を挟んで、ヨゼフ陛下の妹であるルージュ・トラビアが奴隷《バンリ》を一晩貸して欲しいと懇願《こんがん》してきた。

けれども、私は今それどころではなかった。

火照《ほて》る頬を醒まそうと息を小刻みに吐いて、下唇を噛んで耐えている。

不自然に息が上がっているけれど、仮面をつけているおかげで相手は私の状態の異常さに気付いていないようだ。声を上げなければ、ルージュには気付かれない。

——それなのに。

（……咄嗟《とっさ》に、机の下に隠したのがまちがいだったの？）

机の下にいる生き物が、足先に触れていた体温が遠のく。ほっ……と胸を撫で下ろした次の瞬間、今度はカプリと足首を甘噛みされた。

「……っ」

足にひやりと冷たいものが当たる感触がする。徐々に膝下まで這い上がってくる感覚に、背中がゾクリと疼いて悲鳴にならない声を上げてしまいそうになる。

そればかりか、太腿《ふともも》の間に触れた柔らかな髪の感触と、荒い息遣いと湿った吐息を肌に感じて、リディアは声を上げそうになった。

「〜〜っ……！」

なぜこんな状態になっているのか、時は一時間前に遡る。

ヨゼフ陛下との晩餐《ばんさん》を控えて、王宮勤めの侍女《じじょ》が持ってきた服装に着替えていた時の事。

——コンコン。

戸を叩く音がして、開けてみれば、そこにいたのは先程謁見《えっけん》の間で、ヨゼフ陛下の隣にいた王妹。ルージュ・トラビア殿下だった。

可愛らしい童顔でまん丸なクリっとした目は、どことなくミミルに似ている気もするけれど、そっくりと言う程でもない。年齢はリディアが最後にセレイア王国にいた頃と同じくらいだろうか。まだ、初々しくて子供から大人に変わる前の魅力がある。

(そういえば、セレイア王国にいた頃も、トラビア王国の王女達とはお会いした事がなかったな……)

ぼんやりとそんな事を考えている私に、ルージュは挨拶もそこそこに屈託《くったく》ない笑顔でこう言った。

「貴女の奴隷を譲って欲しいの」

「え……と、奴隷というのは……」

「貴女の連れていたあの綺麗な奴隷よ！　この部屋にはいないの？」

ルージュは興味津々と言った様子で、部屋の中を覗き込もうとしてくる。

「部屋は別にとっていただいておりますので、ここにはおりません……」

「そうなの？　じゃあ隣の部屋かしら？」

「そうなりますが、あの、殿下……」

「じゃあとりあえず、今日は一晩借りるわ。お話はまた明日しましょ」

返事を聞かぬまま扉を閉められてしまった。

怒涛の勢いで言われた事にあっけに取られてから数秒後。

ルージュの言っていた事をようやく理解して、慌てて追いかけようと勢いよく戸を開いた先に、
バンリが驚いた顔をして立っていた。

「バン！　あれ？　ルージュ殿下は？」

「誰？」

「誰って……ヨゼフ陛下の妹の……あれ？　会わなかったの……？」

「誰とも会ってないよ」

あれ？　バンリの部屋は隣にあるわけだから、間違えようがないと思うのだけれど。

じゃあルージュ殿下はどこへ行ってしまわれたのかしら。

リディアが考え込んでいる間に、部屋に入ってきたバンリは、戸を閉めてから話を切り出した。

「王様との晩餐《ばんさん》だけど、わたしも参加するからね」

「え？　バンリも？」

「だって、年頃の男と女が二人きりで夜遅くに食事なんて、とんでもないだろう？」

「とんでも無いって……ヨゼフ陛下にそんな意図は無いわよ」

「いいかいリディ、現トラビア王であるヨゼフ陛下には、妃《きさき》がいない。それどころか、妃《きさき》候補の目処も立っていない」

急にトラビア王の妃《きさき》の話？　何の関係があるのかしら……

「それは、ヨゼフ陛下が急に王様になったからでしょ？　これから選ぶんじゃないの？」

「そうだろうね。けれどまだ妃《きさき》は選ばれておらず、愛人や側室として先に後宮入りを果たして子をなそうと狙っている者も多い」

あぁ、それで王宮内にいる女性達の視線が凄くピリピリしていたのね。

私がヨゼフ陛下と同じ年頃の女性で、ヨゼフ陛下直々に声をかけられたから。

王宮にヨゼフ陛下が来る前に縁があり、あやしい関係だったのかもしれないと。

「でも、バンの席を用意してもらうのは多分難しいわ……」

ヨゼフ陛下が話をしたいと願っているのは私であり、しかもバンリは奴隷だ。

どんな名目を立てたとしても王様と奴隷が同じ席について食事をするのは、王宮内の規律として到底あり得ないだろう。

けれど……私とヨゼフ陛下との晩餐《ばんさん》中に、ルージュ殿下がバンリの所に来たら……それに、王宮内での女性達の反応。

もしかしたら、彼を狙っているのはルージュ殿下だけじゃないかも知れない。

「……ところで……。甘い匂いがするね？」

(甘い匂い？　ヨゼフ陛下に会う前に用意された着替えについていたのかしら)

などと、疑問に思っていたが、そういえばバンリには以前、タバコの臭いまで指摘された事があった。もしかしたら、バンは嗅覚が鋭いのかな？

——等々呑気な事を考えていた。

私はその匂いがまさか、モルトに手渡された飲み物に含まれていた栄養剤による作用だとは微塵も思わなかったのだ。

なぜなら、モルトは普段から研究員としての決まりは最低限守っており、いつも分けてくれるお菓子などの飲食物には何の問題もないからだ。

モルトは純粋なので、相手も自分と同じだけ物事を理解出来て会話をしていると思っている。

丁寧に説明をするようにと注意をしても、他者が理解できていない所がわからないし、わからない所が理解出来ないのだ。だから説明不足が目立ってしまう。

それでも、自分の研究の一環として実験をしたいときは必ず、〝作ったものを試したいから、実験体になって〟と声をかけてくる（それもどうかと思っているが）。

今回不幸であったのは、モルトは完全なる善意で私に飲み物を与えたに過ぎないのだが、モルトの良しとする事と、世間で良しとする事には大きなズレがあるところだった。

モルトにとっては、疲れている人に普通の栄養ドリンクを差し入れする行為となんら変わらない感覚で私に飲み物を提供したのだ。

しかし、お気付きの人もいるだろうが、モルトの渡した栄養ドリンクが、一般的で普通の栄養ドリンクであるはずがない。モルトが親切心から渡してくれた栄養ドリンクは、〝癒しのポーション〟という名の、一見無害な題名のポーションを一滴混ぜたもの。

そのポーションの効能は、愛情ホルモンを大量に分泌させる事で副交感神経を刺激し心身をリラックスさせ、安眠効果を促進し精神的な疲労回復と幸福感を抱かせるというもの。

加えて、癒しのポーションを服用した女性から放たれる甘い香りに交感神経を刺激された男性からのアプローチや営みにより、疲れ切った女性を精神的にも、肉体的にも癒すというしろもの。

効果は三時間ほどではあるが、このポーションの厄介なところはポーションを使用した証拠が残らない事だった。

悪用すると、大変な事になると考えた魔塔はこのポーションの販売生産を行っておらず、存在を公にもされていない。取引材料としてたまーに使用されている。

とにかく、モルトにとっては魔塔から研究結果として認められた、女性を癒すポーションでしかないので、私が癒されるようにと飲み物に一滴いれただけだったのだ。

そうとは知らない私はこの時。

(何にせよ、タバコ臭いと未だに言われなくて良かった)

なんて、のんびりと構えていたが。

「バン？　どうしたの？」

立ちくらみをしたのか、目元を押さえているバンリに手を伸ばしたその時。

——部屋の扉がノックされると共に侍女《じじょ》から晩餐《ばんさん》会の準備が出来たと声がかけられた。

トラビア王であるヨゼフ殿下と食事をする為に案内された晩餐《ばんさん》会場には、黒の大理石で出来た壁と床に、装飾品として一枚の絵画と黄金の天秤《てんびん》が備え置かれていた。
通常、賓客《ひんかく》にはコースメニューを出すものであるが、机には既に食事が並べられ、その片隅には
ワイングラスが置いてある。
長机を挟み、対面して食事を取れるように整えられていた。
ヨゼフ陛下はまだ到着していないけれど、室内に使用人が一人もいない様子から、彼が人払いを
して私と話をしたいと考えているのは一目瞭然だった。
「こんな夜更けに、人払いをしているなんて明らかに変だ」
「確かに変ね。もしかしたら、それだけ重要な内容なのかしら」
「リディ。王との謁見《えっけん》は果たした。勅命《ちょくめい》はそこで遂行されたと解釈して、今すぐこの王宮から立ち
去ろう」
（いや、そんな訳にいかないでしょう……）
けれども、確かに変だ。どこの国でも王侯貴族の概念では年若い男女が人払いをして夜遅くに一
室を共有するという状況は、よろしくない。
それに即位して間もない若き未婚の王の動向は、誰もが注目しており、特に女性関係は王の家臣
達も敏感になっているはず。
そして私はトラビア王国で功績を讃えられ、王宮から爵位《しゃくい》を叙勲《じょくん》された歴とした貴族であり、場
合によっては王妃にも、側室にだってなれてしまう。立場上は問題ないのだ。

——だけど。謁見《えっけん》の間で拝謁したヨゼフ陛下の印象的に、そういった下心があるようには思えなかった。

きっと、何か訳があるはずだわ。そう思いつつ、王の座椅子と対面して備え置かれている場所へと腰掛けようと椅子を引く。

「私は大丈夫だから、バンは先にお部屋へ戻って休んで？　さっきふらついていたでしょう」

私にはバンリの方が危うく見えていた。

出来れば、この王宮内でバンリを連れ歩く事はしたくなかった。ここの人達は皆、バンリを奴隷として見ているから、居心地が悪い。

王妹であるルージュ殿下も〝奴隷を譲って欲しい〟と言っていた。

——まるで、バンリを物のように扱うのが当然と言わんばかりに。

その事に、私は憤りと王宮《この場》にバンリがいる事の危険性を感じていた。

奴隷のことについて調べていくうちに判明したことがある。

奴隷はこの国で物として扱われており、幾ら傷つけようが、罰せられることはない。そのせいか、加虐趣味《かぎゃくしゅみ》の王侯貴族に人気なんだとか。

だけど……

(譲るとか、貸して欲しいとか……、まるで本当に物みたいな扱い……。ここでは、当然なのかな。やっぱり、バンを王宮に連れてくるべきじゃなかったのかも)

もしもルージュ殿下が何か困っているというのであれば、手伝うようバンリにお願いはするけれど……それなら王宮にいる使用人達でこと足りるはず。

(それにしても、ルージュ殿下はまだ十四歳前後よね……何の為にバンを譲って欲しいのかしら)

自分がその年代だったころを思い浮かべてみて、ルージュ殿下の行動に疑問を抱いた。

女王ならともかく、どこかへ嫁《とつ》ぐ立場の女性が、顔の良すぎる奴隷を側に置くというのは貞操観念が疑われ、女性としての名誉が傷付く行為だ。

もうすぐ政略結婚をするであろう年頃に、不名誉な噂が立ちかねない異性を近くにおくという発想がなかったので、疑問に感じていた。

――まさか……あの可愛らしいお顔に似合わず、実は加虐趣味《かぎゃくしゅみ》で、綺麗な奴隷に鞭《むち》をうつつもりなのかしら……

そんな妄想を巡らせて青ざめていると、再び立ち眩みを起こしたのか、フラついたバンリが机に手をついた。

「バン……!」

支えるためにバンリの背中に手を添えれば、額に汗を浮かべて潤んだ瞳で視線を私へとむける。

「だ……大丈夫⁉　熱かしら……頬が赤らんでいるわ。今、お医者様を呼んでもらうから、この椅子に座って待っていて！」

背を支えつつ、バンリを椅子に座らせようとしたその時……

扉の向こうで甲高い女性の声と、扉の前で待機していた衛兵《えいへい》が言い争う大きな声が聞こえてきた。

「私も用事があるのよ！　ここを通しなさいよ！」

「ですが、ヨゼフ殿下が人払いをと……」

「お兄様はまだ来ないわよ！　ここへ入れたくないなら、あんたがあの奴隷の居場所を教えなさいよ」

「いえ、それは……」

（この声、ルージュ殿下だわ）

大変……体調の悪いバンに無茶な労働でも命じられたら……どういうつもりでバンを望んでいるのか分からないけれど、今の状態で連れて行かれるのは不安だわ。

どこかにバンを隠さないと。周囲を見渡して、必死に隠すところを探す。

この部屋で、身を隠せる場所といえば……

衛兵《えいへい》が押し負けたのか、とうとうルージュが部屋へと入ってきた。

彼女は私が座っている席の対面に位置する、ヨゼフ陛下の席へと座った。

「貴女の奴隷が見当たらないの。もしかして、隠してるんじゃない？」

「僭越《せんえつ》ながら、殿下はなぜ、バン……私の奴隷をご所望されるのですか？」

「あんな素敵な王子様みたいな奴隷、初めて見たもの。誰だって手に入るなら欲しくなるでしょ？　初めに見つけた貴女はラッキーね」

「恐れながら申し上げます。私は彼を奴隷として扱っておりません。ですから、幾らお金を積まれてもお譲りすることは出来ないのです」

不敬であるとわかってはいたけれど、きっぱり断った。


——王族の女であれば、再三に渡る頼みをきっぱり断ることを〝不敬〟だと怒る者もいるかもしれない。


けれど、変に遠回しに断ろうとして、断りきれなかった時、バンリに何かされる方が嫌だと考え、はっきりと己の意思を示したのだ。

こういう時、魔塔の研究員という肩書きは有難い。民が示す反応と違っていても、魔塔の研究員は変わり者だからと思われるだけで済みやすい。

「そうなの？　じゃあ、どうやったらくれるのかしら」

「ですから……」

口を開こうとしたその時、私は思わぬ所からの刺激に驚いて、言葉を紡ぐ事をやめて口を閉じた。

スカートの中にするりと潜り込んできた生き物が、太腿《ふともも》にそっと手で触れてきたのだ。突然の刺激に驚き、私は咄嗟《とっさ》に椅子のギリギリ後ろまで腰を引いて、太腿《ふともも》を閉じた。

（え？　何？　今のは、バンなの？）

目を白黒させていると、暖かな手が、今度は私の足首に触れる。

偶然手が当たったという感じではない。足首の裏側に触れて持ち上げている。

そして、蝶々結びにしている靴紐を解いて、右足の靴をゆっくりと取り外している。

（え？　いや、バン。何してるの？　どうして靴を脱がす必要があるの……それじゃあ立ち上がってご挨拶《カーテシー》が出来ないじゃない）

私は完全にパニックになっていた。

「……」

「ねぇってば、聞いてるの？　どうやったら私にあの奴隷くれるわけ？」

「……そ、それは……」

ルージュの問いに答えようとするが、バンリの手は止まらない。

するりとレースの靴下も脱がされ始め、私はもうフリーズするしかなかった。

それだけではなく……次は足の親指に、フニっと柔らかい感触がした。

（え……これはもしかして、今。バンの唇が……？）

バンは親指に唇で触れるたけでなく、温かい口の中へと含みだした。

「ひゃぁっ！」

図らずも、何か熱いものが腹の底から追い立ててくる。与えられる刺激に身体が火照《ほて》り、ビクビクと反応してしまう。

「あっ……」

——い、今……へ、変な声を……

あぁ、ほら。ルージュに〝この人、どうしたの？〟って顔をされている……

「も……申し訳ございません。足が、痺れまして……」

……な……何が起きているの？　バンがおかしい。

今すぐお医者様を呼ぶべきなの？

——でも……この状況でお医者様を呼んだら、バンを隠していたのがバレバレだ。流石に怒りを買うかもしれない。

というか、こんな変態行為を目の前でされていたら誰でも怒る。

そして、不敬罪に問われても文句を言えない。

「貴女、もしかして。奴隷を恋人にしている人？」

「ち、違います！　恋人では…………っ」

声の端々が震えてしまう。ルージュの言葉に、感情を揺さぶられているからではない。

机の下にいるバンリのせいだ。

（な……なにをしているの⁉　バン！）

「違うの？　ふぅん……」

足首から膝下への繰り返される口付けと、執拗《しつよう》にされ続ける甘噛み。快楽の痺れが浸透してきた。与えられる刺激に身体が揺れるのを抑えるために、下唇をきゅっと噛んだ。

（ルージュ殿下の話に、集中出来ない）

仮面の下で、混乱と少しの欲望が頭の中に渦巻いて、目尻にじわりと涙が滲む。

婚約者同士の頃でさえ、バンリに足になど触れられることはなかった。淑女《しゅくじょ》として足を見せないのが当たり前で、紳士《しんし》としてみだりに触れないことも当たり前だった。

だから、初めての状況と、初めての刺激にどうしていいかわからず固まってしまう。

やっと耐えている状況で、今度は足首から肌をつたいながら、舌が這い上がってくる感触がした。

ゆっくりと、膝下へと近付いてくるたびにゾクゾクと背中が痺れをきたす。

（うそ、や……やめて、これ以上は……）

「つっ……っ！」

「ねぇ、今晩だけでいいのよ。貴女の奴隷を貸してくれない？」

改めてルージュがバンリを一晩貸して欲しいと懇願《こんがん》してきた。

けれども今はそれどころではない。

少しでも気を抜けば、与えられる快楽に身を委ねてしまいたくなるような、甘美で魅惑的な誘惑は、私の頭を一色に染めようとしていた。

心の中では焦りがこみ上げているのに、それとは裏腹に、身体は火照《ほて》り判断を鈍らせてくる。

――な、なんで。こんな事になっているの？　机の下に隠したのが、まちがいだったの？

残された理性が、小刻みにはねる身体をギリギリのところで押さえつけていた。

そんな私に追い討ちをかけるが如く、バンリは動きを速めていく。

――こ、このままだと。理性が飛んでしまう。

触れた柔らかな髪の感触と荒い息遣い、そして湿った吐息を生々しく敏感な身体で感じて、私はとうとう小さく掠れた声をあげた。

「ふぁ……も、やめ……てっ！」

――ぴたっ。

「……？」

動きが……とまった？　突然、なんで……？

（もしかして、私が〝やめて〟って言ったから……？）

バンリは身動きを停止している。

けれども、熱を帯びた吐息が太腿《ふともも》をしっとりと湿らせてくるので、なにかを我慢をしている状態だということはわかる。

——それはまるで、好物の餌を求めている犬にお預けをしているような。不思議な感覚だった。

リディアが危機を脱出（？）し、なんとかルージュの申し出をはねのけながら一時間が経過したころ、ヨゼフ陛下がようやく晩餐《ばんさん》を食しに部屋へ訪れた。

バンリは時間の経過と共に冷静さを幾分か取り戻したのか、ヨゼフ陛下が来る前にはリディアの靴を元通り履き直させてくれた。

様子がおかしかったのは、何か原因があったんだろうと思う。心なしか私も身体が変になっていたし。気になるけれど……原因の解明はまた後だわ。

（今はとにかく、どうにかしてバンを机の下から回収しないと）

——そう、ヨゼフ陛下が入って来てからルージュ殿下は追い出される形でこの場からいなくなったけれど、タイミングを失ったバンリは、未だに机の下にいるのだ。

「下に何が隠れていようが、俺は気に留めない」

（仮面の下の素顔がどうなっていようが気にしないっていうことだよね？　机の下の事を言っている訳ではないよね？）

現在、人払いをされた事により衛兵《えいへい》も使用人達も室内にはいない。これにより晩餐《ばんさん》の為に用意された部屋の中には、ヨゼフ陛下と私の二人だけ。

そして……本当は机の下で息を潜めているバンリもいるのだけど、最初から成り行きを見ていなかったヨゼフ陛下は知らないはずだ。

ヨゼフ陛下の視線からも、先程の言葉は仮面とフードを取るようにと私に促したものであることは明白だった。

（なぜ、私の素顔を見ようとしているのだろう、人払いまでしてくれているから、気を遣ってくれたのはわかるのだけれど……単純に固苦しい雰囲気で話したくないということかしら？）

私は仮面を外すことを躊躇《ちゅうちょ》していた。

けれど、元々素顔を隠した姿で王の御前に現れるというのは失礼なことであり、王が素顔を見せろと言うのであれば従うべきだろう。

（トラビア王国の王は代々、良くも悪くも軽んじられる事を忌み嫌う方々だと聞くわ。機嫌を損ねることだけは避けたい……）

王からの言葉に微塵も躊躇《ちゅうちょ》しなかったことを示すため、すぐに右手を仮面に添えて外す素振りを見せた。

俯いたのは、髪色を隠す為にドレスの上から羽織った外套《がいとう》のフードで、仮面を外すぎりぎりまで考えるためだ。

――私が数年前まで何者であったかなんて、ヨゼフ陛下にとってはどうでもいい話のはず。素顔を見られたところで、きっと困ることは起きないでしょう。それよりも、今はトラビア王の不興を買う方がよくない。そこまで考えて、外した仮面をそっと机に置く。

次にフードへ手をかけてパサリと後ろへ下ろすと、セレイア王国の永遠の忠臣、アルレシス公爵家特有の美しい銀糸の髪が露わになった。

――既に亡くなった隣国の王太子の元婚約者の話など、ヨゼフ陛下が知るはずもない。だからきっと、大丈夫。


すっと顔をあげると、私の動作を見据えていたヨゼフ陛下と視線が絡んだ。

何もかもを見透かしたような橙色の瞳が視線を逸らすことを許さず、訪れた静寂《せいじゃく》に緊張が高まる。

けれどもこんな時、緊張すればするほど動揺《どうよう》を顔に出さずにいられるのは、王太子妃教育の名残りだった。

そんな私を見て、ヨゼフ陛下は全てを理解したと言わんばかりの目をして、僅かに口角を上げた。

「ふっ、成る程……」

……刹那、私は目を見開いた。

一瞬だけだが、ヨゼフ陛下の浮かべた表情が、室長に見えたのだ。

（……そうだわ。ヨゼフ陛下が誰かに似ていると思ったら……目元の形とか、ふとした時の仕草が室長に似ているんだわ）

「……さて。互いの顔がよく見られるようになったところで、話をしようと思うが……その前に。ホーキンス卿、先程は我が愚妹のルージュが大変失礼をした」

「いえ、こちらこそ、ルージュ殿下のご希望に沿えず申し訳ございません」

「無理な物は遠慮無く断って貰って構わない。俺は王宮に来て間もなくてな。まだ色々と行き届いていない所は、どうかお許し願いたい」

王の直系で、王位継承権を持つ者が王宮に住んでいた訳ではなくて……

「王宮に来て間もない……ですか？」

「俺の母は好色王《こうしょくおう》と呼ばれた王が滅ぼした亡国の元王女だ。俺を身篭ってすぐに好色王《こうしょくおう》に飽きられて、辺境の地へ療養と称して追いやられた。だから王宮のことは全くといっていいほど知らない」

「そうでしたか……」

「ここに来てからは知らなければならない事ばかりで休みがないんだ。食事の時くらいは気を抜きたいものだろ？」

そんな忙しい中の息抜き時間に、私は何でここに呼ばれたんだろうか。全く見当がつかない。

「あの……一つお伺いしても良いでしょうか？」

「なんだ？」

「陛下がその様にお忙しい中、私はどうしてここへ呼ばれたのでしょうか？」

しかも、呼ばれただけでは無くて一緒に食事まで……

「……俺は、この目で直接見た者の力量がおおよそ分かる。所謂《いわゆる》、鑑定の能力保持者なんだ。目の前にいる相手を敵に回しても平気か、若しくは味方に取り込むべきなのか、直に見て決めている。俺が国境で連勝を重ねて来たことを聞いた誰かが、俺を〝若き獅子王《ししおう》〟と呼び始めていると聞くが。実情は勝てる相手としか戦っていないから勇猛に見えるだけだ」

「そうなんですね、でも……それだともっと分かりません。私を、直接その目で鑑定したかったのはなぜでしょうか？」

騎士のように戦場へ出て剣を振るうなどもっての外。剣を持ち上げるのも怪しい私にはとてもじゃないけれど……鑑定してお役に立てる情報があるとは思えない。

「ホーキンス卿に会う前には数種類の選択肢があった」

「数種類の選択肢、ですか？」

「あぁ、選択肢の一つとして有力だったものについては……、どうやらそれは、やめておいた方が良さそうだな」

「？」

ヨゼフ陛下の言葉尻が余りにも小さくて、リディアには聞き取れなかった。

（……今、何と仰ったのかしら？）

「食事をしよう。美味いものばかりを用意をしているから、遠慮なく食べてくれ」

そう促されてから、ようやく喉が酷く渇いていることに気が付いた。

寛げるように砕けた態度をしてくれてはいても、大国の王であるヨゼフ陛下を前にして緊張していたのだ。

丁度よく目の前に用意されていた冷製スープをそっと口に含む。カボチャの甘くクリーミーな味わいが口の中でじわりと広がり、食欲を唆る香りが他の食事への興味を自然と引き出す。

柔らかい肉は少し噛んだだけでじゅわりと舌に絡まり溶けてゆき、その後に口にした卵料理は、これ程に美味しいものを食べた事もないと感じられた。

（とても美味しい……。私は食に詳しいという訳ではないけれど、これは……まるで国賓《こくひん》をもてなす為に用意された食事みたい）

食事は国家間の取り引きを行う際や、交流の場ではとても重要だ。

相手に交渉して通したいことがある場合や、他国の王族を招く際は、何よりも神経が使われる。

美味しい食事をしながら話をすると、会話も弾み交流を深めやすく、有意義で実のある交渉もしやすい雰囲気作りが出来るからだ。国家間で交流を行う際は、必ずといって良いほど食事会の場が設けられるのはそういった理由からだ。

元々公爵令嬢であり、次期王妃として教育されていたリディアはその事をよく理解していた。

それを踏まえて机上を見渡せば他国から国賓《こくひん》を招いた時と、何ら遜色《そんしょく》のないものばかりが並べられていることに、一抹の不安を感じた。

（まさかね……）

セレイア王国で公爵令嬢であった時ですら、貴重で滅多に手に入らず特別な日にしか食べられなかった食材がチラホラと見受けられた。工夫を凝らされた品々からは私への侮りを微塵も感じさせない。

ここまでの敬意を表した食事を用意するというのは、ヨゼフ陛下がとても懐深く礼儀正しいのか。

それとも、美味しい食事をしながら優位に進めたい交渉があるのか。

普通に考えるのならば、後者の優位に進めたい交渉内容があるという可能性で、美味しい食事に流されずに心の中で少し警戒を高めたいところだったけれど……食事が美味しすぎて集中が出来ない。

（うぅ。私、こんな食いしん坊ではなかったと思うのだけれど。色々後に回したいほどに美味しい……、反則的に美味しすぎる……。一度食べたら癖になりそう）

あまりの美味しさに瞳は輝き、興奮して高揚する頬を片手でおさえ、警戒心などそっちのけで口に広がる味を噛み締めている。その様子を見ていたヨゼフ陛下はふっ、と息を漏らして、手にしていたフォークとナイフを置いた。

「美味いだろう？　それはトラビア王国幻の三大美食の一つ。ワイバーンの至宝《しほう》だ」

「ワイバーンの至宝《しほう》！　どうりで頬が落ちそうな程美味しいと……え？」

自分が今、何を食べているのかをゆっくりと理解した私は、雷に打たれたような衝撃を受けて、手にしていたフォークを危うく床に落としてしまうところだった。

……ええ⁉

トラビア王国　幻の三大美食ワイバーンの至宝《しほう》とは。取得難易度ＳＳＳとされるワイバーンの卵を指している。その異名の通り幻のような確率でしか食べられる機会はなく、人類の大半はその味を知らずに生涯《しょうがい》を終える。

また、幸運にも食すことができれば一瞬で病みつきになる程に美味な食材。

ワイバーンは外敵に見つからないよう卵を隠すのがとても上手く、見つけたとしても採取する人間を蹴散らしてしまうほどに強く、並大抵の人間ではワイバーンには勝てないし挑めば命はない。

だからワイバーンの卵がどれほど美味しいと評判になっても、生涯《しょうがい》に食べられる人は世界に数えるくらいだろう。故に、その値段は卵一つで国が一つ買えると揶揄されるほどだ。

「そんな貴重な食材をなぜ……」

国賓《こくひん》扱いどころではなかった。これほど貴重な食材は国賓《こくひん》として招かれていたとしても、食す機会などないものだ。男爵位《だんしゃくい》の法衣貴族《ほういきぞく》であり得体の知れない魔塔の人間をもてなす食事としては、到底あり得ない。

「理由か。あるといえばあるが……」

ヨゼフ陛下は考えるように口元に曲げた人差し指をあて、一瞬だけ考えるそぶりをしたが、それ以上は語らずに話題を変えた。

「ところで、ホーキンス卿は酒を飲めるか？」

「はい」

この世界では、未成年でもお酒を飲める。前世の価値観が残っていた私は二十歳になる前にわざわざ飲もうとは思わなかったが、勧められることに抵抗感がある訳でもなくまた、飲めない訳でもない。

とはいえ……

「それは良かった、会話を弾ませるには、やはり酒が必要だろう」

お酒に抵抗は無いし、咄嗟《とっさ》に〝お酒を飲める〟とは答えてはみたものの、客観的には男女二人きりの室内という事実は少し引っかかる。

けれども既に他国王太子の婚約者という肩書きはなく、トラビア王国の臣民として爵位《しゃくい》を賜っている私があからさまに国王の誘いを断るというのが得策とはいえない。


――まぁ、あまり飲み過ぎないように気をつければ大丈夫よね。


ヨゼフ陛下が何を考えているか分からないけれど、思いの外に気遣われている状況。そしてヨゼフ陛下が室長に似ているということもあり、初対面とはいえいつの間にか警戒を殆ど解いていた。

けれども、そんな私を机の下にいるバンリが咎めるように、服の裾をグイっと強く引っ張っている。

（バン？　飲んじゃダメって言ってるのかしら……）

「俺は酒を飲むのが好きなんだ。少し付き合ってくれないか？」

（……今更無理と言うのは、いくら何でも変だわ）

「私で宜しければ、よろこんで」

美味しい料理と飲みやすいアルコールは、適度に緊張感を和らげてくれた。

どうやらヨゼフ陛下は、魔塔で行われている研究へ興味を示しているようで、質問されているのは私が功績を挙げた研究や、魔塔内部のことだった。

ヨゼフ陛下の好奇心を、私は不自然だとは思えない。トラビア王国には国の繁栄のために後ろ盾となり資金を援助している研究所は幾つも存在している。それら正規の研究所よりも魔塔は異質であり、明らかに一線を画しているからだ。

幾度となく研究成果を出して国へ貢献している魔塔は、外部の者が介入出来ない〝不介入の領域〟というものがあり、王侯貴族ですら魔塔に口出しを出来ない領域が存在している。

王家が公に魔塔の内情を探る事は許されておらず、重大な罪を犯した者がいると思われた時も、王家の申請があったにもかかわらず、魔塔からの許可がおりずに身柄を確保出来ない事例もあったとか。

魔塔と王家がそのような体制になったのは、実はまだほんの十数年ほどの事らしいけれど、他者になめられることをひどく嫌った好色王《こうしょくおう》が、そんな魔塔のあり方を黙認せざるを得なかったのだから興味が湧くのも仕方がないと思えた。

私も、トラビア王国の魔塔に目を付けたのはこの〝不介入の領域〟の話を聞いたからなのだ。

どのような罪人をも追及出来ないという、この仕組みがあるのはどの国を探しても、トラビア王国に存在していた魔塔だけ。

新しく王座についたヨゼフ陛下の御世で、魔塔をどのように扱えば良いのか測りかねているのかも知れない。そう考えた私は、一通り丁寧に答えを提示した。

「私が魔塔についてお答え出来ることは、この位だと思います」

勧められるままお酒を飲み、すっかり緊張も解けて口数も増えてきた頃、話を終わらせこの場を切り上げようと、そう口にした。

流石に、夜も更けており眠くなってきたのだ。

何よりこのままでは此処で一晩語り続ける状況が続いてしまいそうだと感じ、お開きにしようとした。

けれども、ヨゼフ陛下はそんな気持ちを察していないと言う口ぶりで「では今から君の事について話そう」とシレッと話を変えて、部屋へ帰ろうとしている私をその場に引き留めた。

「実はな、ホーキンス卿をここへ呼んだのは、俺の妃《きさき》になって貰おうかと考えていたからなんだ」

唐突な事実の申し出に動揺《どうよう》して、咳き込みそうになってしまうのをなんとかこらえた。

王となったヨゼフ陛下の伴侶《はんりょ》が決まっていない今、冗談にしても口にするのは憚られる内容だ。

幸いここには使用人達もいない密室の空間だから、外部には漏れることはないだろうけれど、そんな事を冗談でも周りに言われると私が困った事になってしまう。

真に受けた高位貴族達に睨まれいざこざには巻き込まれたくはない。

「……お戯《たわむ》れだとしても、私には大変恐れ多い事です」

「戯《たわむ》れ？　まさかホーキンス卿は、こんな夜更けに人払いをして、王が年頃の女を二人きりの食事に誘うという行為に、微塵も疑いを持たなかったのか？」

どう疑えるというのだろう。ヨゼフ陛下とは初対面であり、今のリディアに政治的なメリットは思い当たらない。

まだ王妃が決まっていない今、この王宮内は王に近付く若い女に敏感となっているのは、周りの様子を少し見ただけでも分かるというのに。

平民を妃《きさき》にするというよりも、身元が不確かな私を妃《きさき》にするということはヨゼフ陛下にとって、マイナスになる可能性が高い。

私は国へ大きく貢献したとはいえ、魔塔に所属しているのである。

魔塔の者が、出自の怪しさにおいてピカイチなのは周知の事実であり、巷《ちまた》では違法な研究も行われているという噂まである。

そして悲しいことに、その噂は正しい。奴隷契約解除の研究は違法だ。

それに加えて仮面をつけて王の御前に出てくるような、怪しさ満載の女を妃《きさき》に迎えようとしていたなど、想像がつくわけがない。

「心配するな。勿論ホーキンス卿を妃《きさき》とするならば王妃として迎え入れる気だった。側室としておくには、惜しいからな」

王妃……？　それはもっとまずいと思いますが。

「……陛下、私への評価が大変なことになっておりますがなぜでしょうか？」

「自身への過小評価が過ぎるな。言っただろ。俺は人を鑑定出来る。語学堪能、政治学経済学をはじめとした勉学、社交ダンス、貴族社会のマナー等の素養《そよう》は勿論。裁縫《さいほう》、ピアノ、バイオリンはなかなかの腕前と表記されているが？　トラビア国で王太子妃教育を受けた者でも、ここまでの者はそうそういないぞ」

確かに、私は幼き頃から王太子妃教育を習得済みで、多少のブランクはあれど、一から学ぶ者よりも良いかもしれない。

けれど私はもう表舞台に立てる人間ではないのだ。最後に実際この目で見たセレイア王国内では、私は悪女ということになっていた。

他国へ私の噂が広まってしまう前に自殺を装い皆の前で消えたせいか、死者に鞭《むち》を打つような噂はなく、私の死は悲劇として広まっているけれど。

もしも私が生きていると知られて、それが大国の王妃をやっているとなった日には……

どんなふうに波風が立ってしまうのか、考えるだけでも恐ろしい。

セレイア王国にいた頃、まだ学生であった私は外交の場に居合わせた事はさほどないけれど、諸外国の王侯貴族の中に顔見知りはいる。

私は出来ればもう、ひっそりと穏やかに、魔塔にいると少し難しいけれど、貴族や王族の義務から離れた場所で暮らしていきたい。

「……王太子妃教育を受けた者をご所望であれば、トラビア王国にも既に教育を受けたご令嬢がいるのではないですか？」

「トラビア王国の王太子妃教育を受けた者だとしても、ホーキンス卿のように多様なスキルを持った者はいない。だからこそ、俺は君という存在には大いに興味をそそられるし、大国の王妃とするにはこの上ないと考えている」

他人よりも出来ることが多いというのは、いいことばかりではない。それ故に必要以上に興味を持たれるということはセレイア王国でもよくあった。

私は前世でも今世程ではないけれど裕福な家に生まれた。

おかげで習い事を一通り行っていたし、家庭教師もつけて勉強に励んだ記憶は生まれ変わっても備わっており、つまりそれは赤子の頃から基礎学力が備わっている状態であったのだ。

自分に合った勉強方法を既に理解していたことで、今世での新しい知識は通常よりも速く習得できたので、王太子妃教育は通常ではあり得ないほど早くに終えられてしまった。

ピアノやバイオリンのコンクールで賞を取るほどの腕前や、前世で習っていたバレエの影響も、王太子妃教育を終える上では大きかった。ストレッチを欠かさず行っていたおかげで、ダンスの姿勢やリズム感も早期に身に付けていたのだ。

王太子の婚約者として評価されながら研究に没頭出来ていたのは、このアドバンテージが大きい。

初めは、私が誰から見ても完璧な婚約者であれば多くの信頼を得ることができると思ったのだ。

ゲームのように皆に嫌われてしまうようなことだけは避けられるのではないかという思惑があった。

けれど、途中からは学ぶことが本当に楽しくなっていた。

楽しくなったきっかけはバンリだ。

出会った初めの頃は、どうやって婚約を破棄してもらおうかと考えていたけれど、懸命に厳しい王太子教育に向き合って励んでいる彼の姿を傍らで見ていたら、少しでも彼の負担を減らせる存在になりたいと思うようになっていた。

王太子妃教育を頑張るほどに膨らむ周囲の期待を背負うのは嬉しかった。

バンリの隣に私がいるべきだと、皆に認められているようだと思えたから。

その内、友人も増えて王太子妃教育も落ち着いたころ、身分を隠して城下町へ行ったり、遠方へ赴いて国民の生活に触れたりするようになった。

そうしているうちに、知り合いが増えて、親しくなった人々がすれ違うたびに挨拶をしてくれるようになって。それまで知らなかった人を知り、国の景色が美しいことを知った。

民の暮らしを良くしたいとか、高尚なことを初めから考えていた訳ではなかったけれど、私の行っている努力が彼らの生活に役立つこともあるのかもしれないと考えるようになった頃には……いずれセレイア王国の王妃になりたいと、あの時は思っていた。

私は、手にしていたナイフとフォークをそっと置く。

「他人よりも多くの事が出来るからと言って、王妃として優れた資質があるかといえば、それは違います」

「ならホーキンス卿は、どのような人物が優れた王妃だと思うんだ？」

「人に、好かれる者です」

「それはホーキンス卿が、人に好かれないということか？」

「はい。残念ですが、私はそう言った才能には恵まれませんでした。けれど王妃となる者がそれではダメです。民の力は国の力です。彼らの協力なくして国の平穏も発展もあり得ません。王妃は国母として民を導き守る者ですから。国民が嫌だ、消えてくれと望んでしまうような愚かな王妃一人で、国に対して何の貢献が出来るでしょうか……。何も、出来はしないでしょう」

何でこんな話になっているのか不思議に思うくらいに、問いかけに答えては勝手にダメージを受けて、ゆるゆると心が、気分が落ち込んでゆく。

私は今、思いの外、酔いが回っているのかもしれない。

美味しい食事とお酒によって、言う必要もなかった本音を王様の前で漏らしてしまうほどに。

重たくなってきた瞼に、ほんのりと赤らんだ頬と、うっすらうるんだ瞳をガラスが映している。

情けない本音がぽつりと漏れたけれど、落ち込む半面、気分はそんなに悪くない。寧ろ少し軽くなったような気がする。

あと一口だけ飲もうかしらと、徐にグラスをもちあげて中身を揺らしていると、不意にヨゼフ陛下から声が聞こえてきた。

「つく」

「？」

顔を上げてみると、ヨゼフ陛下の肩が揺れている。片手で顔を覆って隠してはいるが、笑っているように見える。

困惑している私をよそにひとしきり笑って気がすんだのか、ヨゼフ陛下は手をひらりと振ってひとつ咳ばらいすると、体勢を整えて笑みをそのままにこう漏らした。

「はぁ……いやなかなか面白いなと思ってな」

「？」

「ある司祭の話では、それと真逆のような事を言っていたぞ」

「真逆……ですか？」

「人を魅了《みりょう》するだけの王妃は、いずれ国を傾けるだろうとな」

場を和ませるために冗談を言われたのだと考え、私はくすりと笑い、お酒に含まれたアルコールにより朱色に染められた頬をそのままに、まどろんだ表情を浮かべながら答えた。

「ふふっ、魅了《みりょう》で国を傾けるというのは迷信ですよ。それは偶然滅びた国に美女がいたというだけの話です」

「魅了《みりょう》如きで国を傾ける王が治める国など、元より滅びる運命だったということか？　俺もそう思っていたところだ、気が合うな」

「そのようなことを言っている訳では……。いえ、そういうことに……なるのでしょうか」

ヨゼフ陛下の言葉の端々に、なぜか引っ掛かりを覚えるので、私は思わず否定したくなった。

けれども、冷静に考えてみると否定出来ないものだったので、居心地の悪さを感じながらも、結局はヨゼフ陛下の言葉に頷いた。

なぜなのだろう。背中に嫌な汗をじわりとかきはじめている。

悪いことをしてしまったように感じてしまう。

先程からの、ヨゼフ陛下の発言はまるで誰かをいたずらに挑発しているような雰囲気を纏っている。

「だがまぁ。何かを犠牲にしてでも手に入れたくなる存在というものは、確かにあるようだ」

ヨゼフ陛下はおもむろに席から立ち上がり、天秤《てんびん》の飾られている棚にまで歩みを進めた。

そして、天秤《てんびん》の上に左手の拳をかざして、掌の力をゆっくりと緩める。隙間からするりと小粒ほどの大きさをした宝石が落下して、片方の天秤《てんびん》の皿へカランと音を立てながら転がり込む。

それまで、均衡を維持して机と平行になっていた天秤《てんびん》が、ゆっくりと左側へと傾いていく。

私はその様子をただじっと見つめていた。


――あの天秤《てんびん》、何か特別な物なのかな？


疑問をそのまま口にしてはいけない気がしたけれど、お酒を飲みすぎたことにより霞んで来た視界の中で、意識がぼんやりとしていた私は、ヨゼフ陛下の意味深な言い回しが気になって尋ねた。

「……陛下は、何かを犠牲にしてでも欲しいものがあるのですか？」

「犠牲にしたものと釣り合いの取れる以上の報酬が欲しい」

「釣り合い以上の報酬？」

「あぁ。その報酬を得る為に、ホーキンス卿を王妃にするという案は、残念だがやめておこうと思う」

唐突に何を言い出すのだろうと、フリーズしていると、いつの間にか頭上から影が被さった。

視線を上げると、そこにはいつの間にか側にまで近寄っていたヨゼフ陛下がいる。

そして、ふっとどこか余裕を感じさせながらも愁いを帯びた笑みをむけられた。

「報酬として卿の身体のみを貪るという俺は、建設的で謙虚な者だろう？」

「……？　……むさぼ……？」

困惑している私をじっと見据えてくる冷静な橙色の瞳は、室長の瞳とは異なる色だというのに、やはりどこか似ている。

ぼんやりと見上げている私に、ヨゼフ陛下は微かに目を瞠り、瞼を瞬かせた。

「……冗談、とする予定だったが」

「え？」

困惑した私の髪をそっと撫でつけながら、その瞳には劣情の熱を含んだ光が宿っている。

「俺を誘っているというのであれば、お望みの通りにしてやろう」

「え？　……っいた」

ニヤリと釣り上げられた唇が不敵に見えた次の瞬間、半ば強引に腕を掴まれてその場に立たされる。酔いが回ったことにより、フラついてしまうその肩に回された腕に、勢いよく引き寄せられそうになった刹那……ヨゼフ陛下の首元に、ナイフが添えられていた。

誰がそんな事をしているのか、確認も出来ない体勢だというのに、動揺《どうよう》することもなくヨゼフ陛下は両手をひらりと上げた。

ヨゼフ陛下の手が離れた隙に、少しでも距離を取ろうと心許ない足を堪えて二歩後ろへと下がる。

ヨゼフ陛下は横目でナイフの握り手を見据え、背後に佇むバンリへ問いかけた。

「据《す》え膳《ぜん》食わねば男の恥と言うだろ？」

「黙れ。リディに何を盛った？」


——バンリが今凄んでいるのは王だ。それも、代々残虐性を併せ持つと言われているトラビア国の王。


そんな相手に奴隷のバンリがナイフを突き付けて威嚇《いかく》などしたら、命がないも同然だ。

私は今置かれた状況を理解すると、ザァァーっと音をたて顔から血の気が引いてゆくのがわかる。

全身の汗が吹き出してくる。酔いがみるみるまに覚めていくようだった。

「陛……っ」

跪《ひざまず》いて許しを乞おうとしたとき、そんな私を制するように、ヨゼフ陛下は片手をかざす。

「そんなに怒るなよ、あの奴隷が珍しくもご執心《しゅうしん》だとすぐにわかったから、王妃とするのは諦めたろ。だが中々の美人じゃないか、少しくらいは分けてくれても……」

首筋に添えられた食用ナイフがゆっくりと食い込み、表皮が窪んだことによりヨゼフ陛下は言葉をピタリと止めた。

「問いかけにだけ答えろ。彼女に何を盛ったのかと聞いているんだ」

「俺がこの部屋に来た時には、既に盛られている状態だったろ」

「……それが何だと言っている」

「さぁ？　鑑定では解読不可能な数式と出ているな」

二人の会話を聞くに、私は何かおかしなものを飲まされていたらしい。

解読不可能な数式……、その言葉で思い浮かぶのはモルトだ。

モルトは、彼固有の化学式を編み出しており、現世よりも進んだ文明で研究員だった私ですら見たこともない数式を巧みに構築し、画期的な商品を次々と生み出し続けている。

ヨゼフ陛下との謁見《えっけん》前に、モルトから貰った飲み物を思い出した。


——まさか、あれに何かが入ってた？


でも、モルトは何かを実験したいときにはちゃんと研究対象に断りを入れる子だ。その辺りは室長が厳しく教育していたと魔塔の職員達からは聞いているし、実際いつも貰うお菓子やジュースにおかしなものは一度も混ざっていた事はなかった。

だけど、確かにあれを飲んでから心身共に元気が出てきたけど……

もしかして、私があまりにも精神的に疲れていたから、実験ではなく親切心で何か入れた？

「てっきり俺は、誘われたのだと考えたが？」

同意を求めるように首を傾げてくるヨゼフ陛下に、未だ青ざめた顔で額から一筋の汗をたらしながら、首を横へとふるりと振って否定する。

「そうだろうな、であればこのように無粋《ぶすい》な奴隷をここへ連れては来ないだろうからな」

初めから、バンリがいたことには気付いていたのだろうか。

ともかく、わかるのは、ヨゼフ陛下が当初イメージしていた残虐なトラビア王の姿よりも随分と気安いということ。

そして、ここまでの口ぶりから推測すると、バンリとは顔見知りなのだろうということだ。

おそらく、王太子時代ではなく奴隷となった後のどこかで。

ヨゼフ陛下の口調はバンリを奴隷だと蔑みながらも、その態度は対等な者と話しているようで。

歴代トラビア王のそれとは異なっていて、身勝手にも感じる発言の中に、不思議と場の調和をも感じさせた。

「リディ、お水を貰ってきたよ」

まだ話の本題すらも切り出されてはいなかったと思うけれど、バンリの乱入によってヨゼフ陛下との晩餐《ばんさん》会は、一旦お開きとなった。

けれど内心助かったと息をついていた。大した量のお酒を飲んだ訳でもなかったけれど、身体中が火照《ほて》って頭も視界もぼんやりしているからだ。

心許ない足の感覚を何とか研ぎ澄ませて気丈に振る舞い、その場を退出はしたものの、部屋の戸を閉めてすぐにベッドへ腰かけた。

「ありがとう、後で飲むわね。ごめん、私今日はとても疲れてしまったみたいなの。バンはもう自分の部屋に戻ってくれても大丈夫だよ」

本当は疲れたというよりも身体が熱っぽくて調子が悪いのが半分、そして気まずいのが半分だった。今はバンリの顔を見ているのも色々と恥ずかしい。

そういえば、奴隷のバンリはたまに照れもなくおかしなこと言ったりしたりするけれど、やっぱり奴隷だと何も感じないのかな？

それとも、机の下でおかしかったのが、薬か何かの効能のせいだというのなら、意識がしっかりしているときはその時の自覚がなくなるとか？


――なんにせよ、とてもではないけれど今はバンを直視できない。


私は羞恥心《しゅうちしん》で赤くなる頬を髪に顔を埋めて隠し、目を合わせないため、伏し目がちにベッド脇にある小机を視線で指し示して水の入ったコップを置くよう促した。

「ドレスを着せ替えないと。そのままで寝る訳にはいかないだろ？」

「……ええ、その通りなのだけれど、それはバンが心配しなくても大丈夫よ」

……うん、もうこんなことで慌てたりしないわ。

奴隷というものに無知だった時とは違って、あれから奴隷について幾つか学んだことがある。文献自体は少なかったけれど、その中でも収穫があったのだ。

この国で奴隷は物と同じ扱い。だから、女であっても、男の奴隷に着替えや身体磨き、マッサージなどを含めて色々と自分の身の回りの世話をしてもらっている。

——と、いう内容が赤裸々に記されていた本も読んだ。

そもそも奴隷商で販売されている奴隷が隷属《れいぞく》契約をさせられるとき、客の希望にあわせた機能に特化するように、奴隷紋《どれいもん》の紋様は幾つかの種類に大きく分類されるらしい。

主人の身の回りの世話、ただの下働き、力仕事をさせる、命懸けの危険な仕事をさせる等々、実は契約する時に商人に伝えた用途によって、奴隷紋《どれいもん》の形が変わる。

主人がわざわざ命令していなくても、必要なことを奴隷が考えて、先回りして貰えるようにする為だ。だからこそ、値が張るのだとか。

そして、私はバンリを購入する日、確かにこう言った。

奴隷商人に〝どんな奴隷が欲しいのか〟と聞かれて、〝身の回りの世話を色々としてくれる奴隷が欲しい〟と伝えていた。

——あの時の状況から鑑みると、バンリがたまに、おかしな事を言うのは私のせいだ。

バンリは奴隷のお仕事として聞いているのであって、そこには何の感情もないはず。

きっと、女性主人を満足させるようにするオプションのようなものが、奴隷契約の時についてしまっているのだと思う。

そんなふうに、頭ではちゃんと理解したのだから、そろそろ慣れなくてはと思うのだけれど。

王太子の頃のバンリを知っているから余計に割り切れないというか慣れるのが難しい。

これは本当に今後の課題だわ。


——なんて、考えるのはまた今度にしましょう。今はなんだか、頭の隅がぼんやりとしていて、頭が上手く働かないわ。


バンリにメイドを連れてくるよう伝えようともしたとき、どこからともなくひょっこりと姿を現したモルトが、リディアにしがみついた。

「りーちゃん！　どうしたの？　体調悪いの？」

「大丈夫よ、心配してくれて有難う。少し疲れただけだよ」

「え？　疲れてるの？」

「？」

「ボク、りーちゃんの疲れが取れるようにしたのにおかしいな？」

まん丸な目を、パチクリさせたモルトは、頭にクエスチョンマークを浮かべてコテンと首を傾げた。

「……」

そういえば。ヨゼフ陛下が言っていたあれはやはり、モルトの仕業なのだろうか。こんな純粋に私を心配してくれている子が……

『既に何か盛られていたろ』『解読出来ない数式とあるな』

モルトは、研究している内容はともかくとして、基本的にはとても良い子だ。勝手に人を実験台にすることは絶対しないと思う。薬を盛ったりなんかも、しないだろう。

私に変な物を与えるとも、思えないのだけれど……

「王様って人にも会ってきたんだよね？　疲れ、取れなかった？」

でも、この子が何かやった感じは凄くするわ。

ベッドの縁に身を預けて、身体の火照《ほて》りに息を荒くしている私は、この場でモルトへ真相を確かめる余裕などなかった。

盛られた何かが、お酒との相性の良くないものだったのか、動悸はおさまらず、視界が歪み、酷い眠気が襲ってきた。

そんな中で、モルトの弾んだ声が聞こえてくる。

「ボク今日はここで寝る！」

モルトが腰へ絡み付いたまま、無邪気に声を上げた。はしゃいだ様子で尻尾をふっている様子を見ていると、ただ可愛らしく無害な子供にしか見えない。

モルトは魔塔始まって以来のとんでもない天才で、あらゆる意味でえげつない研究成果により貴族達に湯水のごとく大金を払わせているのだけれど、こうして見ると、純粋で好奇心旺盛で元気いっぱいなだけの、ただの子供だ。

(可愛い……)

もはや眠る直前の私には、率直な感想しか出てこなかった。

同い年の子と知り合う機会もないけれど、いつも楽しそうに研究をして、嬉しそうに室長の周りをついて回っている。モルトにとって、研究は一人遊びのようなもので、寂しいとすら感じてはいないのだろうけれど、まだ甘えたい年頃だろうというのも確かだ。

こんなにはしゃいでいるのを見ると、遠出するのだって初めてなのかもしれない。

……怒っている訳ではないけれど、モルトが今後友達を作る為には、やってはいけないことは教えなければとは思う。

だけど、今日は難しい。何を飲ませたのかを、追及するのは明日にしよう。

もう瞼が重たいし、立派過ぎる広い部屋は、一人で使うにはさみしい。

今日はモルトと一緒にこのまま眠ってしまおう……

そんな風に考えていると、いつの間にか、私は夢の中で暖かいものに包まれていた。

◇

「ずるいよ！　ボクもりーちゃんと一緒に眠りたかったのに！」

モルトの大きな声が聞こえてきて、それまで深い眠りについていた私はゆっくりと目を覚ました。

視線を泳がせるとカーテンの隙間から差し込む光が見える。

（いつの間に寝てしまっていたのだろう。全く覚えていないわ……）

ぼんやり考えながら、昨日のことを思い出そうと、天井を見つめながら無意識に手の甲を額へと当てる。


――いくら考えても、覚えているのは晩餐《ばんさん》会でヨゼフ陛下に挨拶をして、部屋へと帰って来たところまで。


不意にネグリジェの袖口が目に入り、自分がいつの間にか着替えを終えてから眠りについたのだと気が付いた。お風呂に入った記憶はないけれど、身体はやけにさっぱりしている。髪も洗った後のようにサラリと指通しが良い。そのせいか、昨日の疲れは一つも残っていない。

いくら思い出そうとしても、記憶の欠片も脳裏をかすめないので、思い出すことは諦め、朝の身支度をしようと身を起こしてベッドから降りた。

すると、今この部屋で起こっていることがやっと視界に入ってくる。

両腕を頭上で引っ張られていることで、足が地面についておらず、バタバタと足を動かして怒っているモルトと、涼しい顔をしながら両手でモルトの腕を掴んでいるバンリの姿がそこにはあった。

モルトが怒るのは珍しいが、あんな宙吊り状態にされてしまったら怒るのも至極当然だろうと思える。

　バンリと目が合い、ニコリと笑ってはくれたが現状の説明をする気がないということが窺える。

そうしている内に、モルトの腕を掴んでいた力を緩めたのか、地面に着地したモルトは私に泣きつこうと「りーちゃん！」と言って走り出した。

　しかし、今度は首根っこを掴まれて前に進めていない。

（絵面《えづら》が……子どもを虐めているみたいに見えるわ）

「状況がよく分からないのだけれど、とにかくバンは手を放してあげて」

「……ご主人様に勢いよく飛びかかる危険物を奴隷《わたし》としては見過ごせないな」

「モルトは、私に危害を加えたりしないから、大丈夫よ」

「昨日リディの様子がおかしかったのは、この犬コロが何かしたんじゃないの？」

　――昨日……そういえば、身体が変だったわ。心当たりは、モルトのくれた飲み物にしかない。

けれど、バンリはそのことを知らないはずなのに何でわかったのかしら。

　そう考えて口を噤んだ私の疑問に答えるように、バンリは言った。

「晩餐会《ばんさん》での飲食物に何も入っていなかったのは確認した。信用の置けない者から貰ったものを、リディが簡単に口にするとは思えない。この国に連れてきたリディの信用できる者といえば、この犬コロ以外にないだろう？」

「それは……」

「根拠はまだあるよ。晩餐会《ばんさん》でトラビアの王が鑑定した時に言っていたろ。リディの体内に〝解読出来ないもの〟が盛られていたと。つまり、市場には出回っていない成分で出来たもの。見た目は幼いから、わたしも油断していたが、この犬コロ、幼くしてあの魔塔の研究員であるということは、余程の天才なんだろう？　例えば鑑定師が〝解読出来ないもの〟を作れるほど」

――そういえば私が婚約者であった頃、バンリには魔塔の話をしたことがある。ここ十数年間の間で発表された魔塔の研究成果は、あらゆる分野で時代を超えて近代的な発明品が見受けられると。

けれども、モルトは私の疲れを癒すために、何かを飲み物に入れただけだろう。

そこに、私を害そうという悪意はない。

実際、一晩眠ったら私の体調は嘘のようにすっきりした。王都へ来てからミミルの存在を必要以上に恐れて、落ちつかないでいた心も、今は落ち着いて安定している。

――だからといって、その反動で起こってしまう周囲への影響や副作用を知らせず、安易に人の飲食物へ盛って良いわけではないだろうけれど。

「モルトがくれた物に何か入っていたのだとしても、悪意を持ってそんなことをする子じゃないのよ。やってはいけないことを教えてあげたら大丈夫よ」

「だけど昨日、君は一歩間違えたら……」

途中で言葉をきって唇を噛みしめ言い淀む姿に、小首を傾げたが、すぐにその先に言わんとしていることを察した。

一歩間違えば、私はヨゼフ陛下に抱かれてしまっていただろう。そうなったら王妃か側室か愛《あい》妾《しょう》かはわからないけれど、ここに留まらなくてはいけなくなったかもしれない。

それに、出会ったばかりの男の人に抱かれるなど、ただ恐怖でしかない。

それが、記憶になかったとしても、そんなことがあったらトラウマになりそうなものだ。

「――でも。バンが守ってくれた」

はっとしたような表情で、「リディ……」と呟いたバンリは、久しぶりに王太子であった頃の面《おも》影《かげ》が見えた気がして、懐かしい。

纏う空気が、一瞬で軽くなったのを肌で感じる。奴隷とは、そういうものなのだろうか。

主人を守れた自分に自信をもち、主人に危険が及ぶと不安になる。それは、とても悲しい事のはずなのに、バンリの表情がいくらか和らいだせいか、嬉しいと感じている自分がいる。

「守ってくれてありがとう」

「リディ……」

「だけど、もうあんな無茶はしないでね？」

「――わかったよ」

第八章　神官長との再会

それはまだ、私が八歳の頃。バンリとの婚約式を挙げる前に祈ったこと。

「神様、どうかこの婚約が破滅につながりませんように、見守ってください」

当時、乙女ゲームの舞台であるこの世界には、本当に神様が存在するかもしれないと感じていた私は藁にもすがる思いだった。

婚約式の前日。世界の聖職者達が集う大聖堂にて切実な祈りを捧げていた。

セレイア王国で信仰されていた神様の存在は、国境を越えて通用するものであった。

無宗教が一般的なトラビア王国でも、少数だが信仰心のある者も存在しており、そんな人々が神と崇《あが》めている対象は母国のセレイア王国と同じ主神エクシスであった。

礼拝《れいはい》をする際の作法も同じなので、セレイア王国で習慣として行っていた礼拝《れいはい》を、トラビア王国で生活を始めてからも定期的に続けていた。

世界の各地で語り継がれている神様が共通なのは、実在した人間がモチーフとなっているからだ。

彼は大賢者ともいわれており、その昔、傾国《けいこく》の美女をめぐり、大戦が起こった際に人々の傷ついた心と大地を清め、これを終戦へと導いたと言われている。

故に、彼は清浄の神ともいわれ、今もなおその大賢者様の加護に世界は守られているとか、いないとか。事実はわからないけれど、神格化されるほど凄い人だったということだ。

ある神話では、世界に点在している聖職者達が、各々の聖力を用いて、大賢者様の加護を持続させているのだとか。

神殿は王家も介入が出来ないので、それも本当の事なのかは、当事者達しかわからないだろう。

信仰心の高いセレイア王国では、聖職者達が主要拠点としているエクシスの大聖堂があり、貴族から平民、そして他国の信者など多くの人々が訪れており、私もそのうちの一人であった。

今朝、目が覚めるまで私は、大聖堂で行った婚約式前日の夢を見ていた。

当時の私は、どうにかして婚約をやめられないかと悩んでいたので、婚約式前日、大聖堂の前で不安げな顔をして佇んで拝んでいた。

「早朝に人が来るなど珍しいと思ったら、公女様でしたか」

そう声を掛けてきたのは、セレイア王国では聖職者として一番位の高い神官長だった。

思いの外、気さくな神官長は婚約式前の不安を紛らわせるために、聖力による祝福の光を見せてくれた後にこう言った。

「何も恐れることはありません。婚約者となる王太子はとても良い相をしています。信じていれば、きっとどのような障害も越えてゆけるでしょう」

神官長のそんな言葉に勇気を貰って、婚約式の当日。

婚約が決まってから会わないように、顔を見過ぎないように努めていたバンリを、久しぶりに直視した。

私との婚約など、王太子にとっては不本意に違いないと思い込んでいた私の想像よりもずっと優しい目を向けられて、微笑まれた私は頬を赤くさせながらも、つられて笑みが零れたのを、今でも覚えている。

——もうずっと思い出すこともなかったのに、どうして突然、婚約式の夢を見たんだろう……

あれから、モルトに確認したところ、やはり私に渡した飲み物に、滋養強壮に良い栄養剤を混ぜていたそうだ。市場で出回っているそれとは違うモルト特製の栄養剤は、効き目がよいので高齢の女性に人気なのだとか。

栄養剤と魔塔が判定したばかりに、モルトはそれなら使用注意の項目に当てはまらず、その副反応もモルトにとっては大したものではないと考えたそうだ。

むしろ、王宮内の侍女《じじょ》たちが、ヨゼフ陛下のお手つきに私がなるのではとヤキモキしている声を聞いて、そうなったら私にとって良い事なのだと思っていたらしい。

かなりぶっ飛んでいる発想だが、数年間モルトを知る私は苦笑いを浮かべつつも理解をしめして、論そうとしたその時……これを聞いていたバンリは、モルトの頭を鷲掴みにした。

「その辺に犬を捨ててくるね」

「ま、待って。実はこれは想定内なことだから」

私の言葉に、ピタリと動作を止めて振り返らずに問いかけた。

「それは、トラビア王に……触れられても良かったということ？」

言い方を柔らかくしているが、要するにヨゼフ陛下に抱かれても良かったのかということだ。あり得ないと首をブンブン横にふってみると、「じゃあ、どういうこと？」と聞いてきた。

「モルトは、本当に悪気は一つもないのよ。かなりズレた方に考えてしまいがちなのだけれど、根は凄く良い子なの」

長い静寂《せいじゃく》が訪れる。

森閑と静まった室内で、きょとんとした顔のモルトは、私を見上げていた。

先程垣間見えたと思えた、王太子の頃のバンリはすっかり鳴《な》りを潜めてしまったように、纏う雰囲気は重苦しく冷ややかさを感じさせる。笑顔なのに、不思議だ。

とても怒っているだろうことだけは、伝わってきて。

なのに、何を考えているのか読み取れない。

私の知らないバンリに、戻ってしまった。

セレイア王国で、一体何があって、彼は奴隷となり、こんな空気を纏うようになったのだろう。

何が、彼をそうさせてしまったのだろうか。

驚いている私に気が付いて、バンリは片手でくしゃりと髪をかき上げると「少し、頭を冷やしてくるね」とだけ言って、モルトの首根っこを掴み部屋を出ていこうとした。

「どこに行くの？」

そう問いかけると、足を止めて振り返らずに言った。

「大丈夫だよ、犬コロには何も危害を加えないよ。散歩に行ってくるだけだから。もしも出かけるなら、わたしの名を呼んで。そうしたら奴隷は主人の元へすぐ駆け付けられるから」

振り返らないでそう言った。

バンリの後ろ姿を見ていたら、足がその場に張り付いたように動けなくなった。

今は、バンリが一人になりたがっているようにも見えて、追いかけてはいけない気がした。

一人、部屋に残った私は、窓辺から遥か先まで続いている王宮の景色を眺めていた。

流石というべきなのか。トラビア王国の宮殿は諸外国のそれと比べられないほどに敷地が広いので、人の足では一日で見て回ることは無理だという。

だから、宮殿内を移動するための馬車まで用意されているほどだ。

それは王族が一様に王宮内に住んでいる為だそうな。

王宮へ到着してから、ヨゼフ陛下のいる宮殿に辿り着くためには、備え付けられた門を八つ通り過ぎる必要があると知った時には驚いたものだ。

実は、このトラビア王国の宮殿敷地内、日中であれば、平民でも入ってこられるようになっている。ヨゼフ陛下が主に使用している王の宮殿以外の、第一門から第七門までは誰でも出入りできるように開放されているのだという。

それぞれの門には、備え付けられたものに特徴があり、他国の文化を取り入れていることもザラにある。これは、歴代のトラビア王の趣味によるものでもあった。

人の出入りが開放的なぶん、警備の目は常に厳しく、魔法の使用禁止や銃などの危険物は持ち込めないといった決まりは当然あるけれど、こうしたところが大国の余裕のようにも思えてしまう。

私に用意された部屋からは、第三門に備え付けられた庭園に建築されている、神殿の屋根が見えていた。

トラビア王国では滅多に目にすることがなかった神に祈りを捧げる場所。第三門を馬車で通り過ぎる際に、チラリと目に入っただけだったけれど。

その時感じた母国が懐かしいと仄《ほの》かに思う気持ちが大聖堂での婚約式を思い出させて、夢にまで現れてしまったのかもしれない。そう思えた。

何も起きていなかったあの時、私はただ、純粋に恋をしていた。

綺麗な宝石のように今でも輝いているけれど、今となってはとても遠い記憶……

私は、考えを払うように、首をゆるりと横に振ると、窓辺から離れて椅子へ腰掛けた。

バンリが部屋を出て行ってから、小一時間程経った。


——追いかけた方が、良かったのかしら……


そう迷い始めた頃、〝コンコン〟と王宮の侍女《じじょ》がドアをノックして扉ごしに声をかけてきた。

「おはようございます、ホーキンス様。お部屋に入っても宜しいでしょうか」

「ええ」

心ここに在らずの状態であった私の口から咄嗟《とっさ》に出てきた言葉は公女であった頃の習慣の返事。

入室の許可をしたも同然のものだ。

開こうとしている扉に、はっと我に返って慌てた。

「申し訳ございません、少しお待ち……」


――ガチャッ。


リディアが言い終わる前に入ってきたのは、同い年くらいの大人しそうな侍女《じじょ》であった。

両サイドで三つ編みをしており、朗らかな雰囲気だ。ブラウンの目をパチクリと瞬かせて、驚いたように口をポカンとさせて私を見ている。

「まぁ……」

慌てて机の上にあった仮面のみを装着したものの、銀糸の髪は晒されたままであった。

侍女《じじょ》は感嘆の声を上げた後、表情を戻して、背筋を正し、丁寧なお辞儀をした。

「ヨゼフ陛下より言伝てを預かって参りました」

「伝言ですか？」

「本日の陛下はお忙しいので、ホーキンス様との歓談は明日となります」

銀糸の髪を見られたところで、知り合いでもないこの国の人間が、すぐにセレイア王国にいた公爵令嬢を連想するとは思えなかったので、私は平静を装って話すことにした。

「わかりました。この度、陛下のお時間がない中で機会を改めることになりましたのは、私の落ち度でございます。ですから本日は別の宿を探して参りたいと思います。一度こちらを失礼しても宜しいでしょうか？」

「申し訳ございませんが、ヨゼフ陛下からの許可がおりていませんので……」

どうやら、王宮を出て、外に宿を取りたいという申し出は侍女《じじょ》を困らせてしまうらしい。

数年間一人暮らしをしており、王侯貴族のいない田舎で暮らしていたので、高貴な方々の人目が付き纏うのは、気も休まらない。

けれど、これぱかりは仕方がないと小さく息をついた。

それを見た侍女《じじょ》は、気を遣ったのか提案をしてくれた。

「もし宜しければ、王宮内をご案内いたしますが」

「他の方々の手を煩わせるつもりはありませんので、今日は部屋で大人しくしておきます」

「手を煩わせるなどとそんな……。せっかくですので、王宮内を自由に散策されるのは如何でしょうか？」

どうやら、この侍女《じじょ》はとても優しい子のようだ。客人である私への配慮がかなり窺える。

変に気を遣ってしまうと、逆に負担になってしまうと感じ、「それなら、第三門にある神殿に行ってみようかしら」と話してみると、侍女《じじょ》はホッとした様にニコリと笑って頷いてくれた。

◇

馬車に揺られながら、そよぐ風にフードが飛ばされないよう片手でおさえた。

私は今、神殿へ向かっていた。

簡易的な神殿が建設されている第三門へと送り届けてくれた馬車を降り、大地に足をつけ辺りを見渡した。

案内役の侍女《じじょ》が、神殿へ続く道へと誘導するように半歩前を歩き、庭園内にあるサフィニアの街道を進んでゆく。神殿は庭園を抜けた、木々の連なる先に設置されているようで、人目を避けるような奥まった場所に建てられている。

侍女《じじょ》は道すがら王宮内の説明をしてくれる。

「第三門は平民でも入ってこられる場所でございます。神殿も信仰者達が入れる様、開放された空間となっておりますが、このままご案内しても宜しいですか？」

「はい、神殿は皆の為に存在するものですから」

――もしかしたらバンリも神殿にいるかもしれない。神殿はトラビア王国で唯一母国を思い出させる建物。だから私も、心が落ち着かない時には行く。そうすると不思議と、落ち着きを取り戻せるから。

そんな思いを抱きながら、美しい花々が咲き誇る庭園を眺めていた。

神殿に到着してみると、やはりセレイア王国の神殿と構造がよく似ていた。

トラビア王国に設置されている神殿の多くは、信仰心の高い隣国セレイア王国との親睦の証として、初代トラビア王が建てたらしい。

初代のトラビア王は諸外国と多くの戦をしていたが、セレイア王国を侮ることは無く友好な関係を築こうとしていたのだとか。

とはいえ、信仰心の高いセレイア王国とは違い、トラビア王国の民で神を信じている者は少なく、神殿も建物だけのようで聖職者の姿を見かけたことはない。

それ故にわざわざ王宮内に設置されている神殿を訪れる者は尚更におらず、人の気配はしなかった。

（誰も、いないのかしら……？）

庭園にはまばらに人影を見かけたけれど、あまりにも人の気配がない。

セレイア王国では聖職者や信者達で賑わっていた空間に誰もいない景色は、寒々しさを感じさせた。

それでも、立派な内装の雰囲気は、懐かしさを感じさせるものもあったので、余韻に浸っていると、斜め前を歩いていた侍女《じじょ》が足を止めた。

「こちらが、祈りの空間でございます」

そう言って扉を開けると、祭壇へと続く道に青色を基調とした金の刺繍が施された絨毯《じゅうたん》が敷かれており、その両サイドには長椅子が幾つも置かれていた。

祭壇の上空から差し込む木漏れ日が、祭壇前を明るく照らしている。

そこには、先客として、聖職者の羽織《はおり》を着ている人影が見えた。

（珍しいわ。トラビア王国に来てから聖職者を見かけることはなかったのに）

建物だけは神殿の体《てい》をしているが、実態は伴っていないというのがトラビア王国の神殿のはずなのに。

（他国からいらっしゃったのかしら？　そういえば昨日、ヨゼフ陛下がルア王国から司祭が来たと言っていたわ。その人かしら）

侍女《じじょ》が開けてくれた扉を通り、絨毯《じゅうたん》の上を歩いていると、祭壇前にいる人影は近寄ってくる気配に気が付いたのか、不意にこちらへと振り返った。

目が合った瞬間……私は思わず息を呑んだ。

落ち着いて穏やかな目元、ブラウンの髪と緑色の瞳。右の耳につけられた金色のイヤーカフ。

そして実年齢よりも随分若いその顔立ちに、見覚えがあったからだ。

「……」

驚いて思わず足を止めた私に、侍女《じじょ》は目の前の人物が何者であるのかを紹介してくれた。

「こちらは、ルア王国の司祭様でございます。陛下との謁見《えっけん》のためご滞在されておられます」

紹介された聖職者は、穏やかな笑みを浮かべながらお辞儀をした。

「こんにちは。まさかここへ人が来られるとは……思いもよりませんでした」

何度も己の目を疑っていたが、その声もまた、聞き覚えのあるもので、知る人物にしか思えない。

――彼が、ルア王国の……司祭？

確かに、ここはゲームの世界が反映されているのだから、同じ声と顔の人がいてもおかしくないのかもしれない。

だけど、どう見てもこの人は……

「――神官長……」

思わず零れ出た小さな呟きは聞こえていないようで、ルア王国の司祭は一歩ずつ近寄ってきた。

教会の小窓から差し込む光はその輪郭《りんかく》をくっきりと映し出し、その姿が尚更にセレイア王国の神官長の姿に重なり、ただ、佇んでいることしか出来ない。

目前までやって来て足を止めた司祭が、まじまじとこちらを見つめて来るので私はゴクリと喉をならして視線をそらした。

（なぜこんなにもじっと見つめられているのかしら）

神官長本人なのではという疑惑が、拭いきれずに緊張がはしった。

それにしてもあまりにも似ている。本人なのではと疑ってしまう程に。

でも、セレイア王国の神官長がこんなところにいるわけがない。事情があり今は他国にある神殿に行くことになったのだとしても、彼ほどの聖力も実績もある神官が、聖職者での階級が低いとされる司祭となっているのはおかしい。

神官長は神殿の聖職者達を統括している方であり最高責任者なのだから。

そう思うのに……あの婚約式の前、私に祝福の光を見せてくれた神官長と酷似していることに、動揺《どうよう》を隠せなかった。そうして心の中で何ともいえない汗をかいているうちに、侍女《じじょ》は司祭に紹介をはじめた。

「こちらにおられますのは、魔塔で研究をされておられます。ホーキンス男爵様でございます」

私の名を聞いた司祭は嬉しげに期待の光を目に宿し、「やはりこの方が」と呟いたあと、改めて足下から上に向かい視界に入れて呟いた。

「これは……ホーキンス様は、女性だったのですね」

ギクッ。

神官長のそっくりさんからの言葉に、私はかなり心を揺さぶられた。

——落ち着いて、外套《がいとう》を身に纏っていても、体型でわかるものなんだわ。

流石神官長というべきなのか、いや、流石神官長のそっくりさん。

顔と雰囲気と、声が酷似しているけれども、彼は神官長ではなくて、ルア王国の司祭なのだから、私が昔誰だったのかなんて見当もつかないはずだわ。

——もしも、万が一、神官長本人なのだとしても、私は皆の見ている前で死んだことになっている。多少鋭い人だったとしても、私が彼の知る公爵令嬢と似ている人だと思われるだけだわ。

人は、死んでしまったら生き返らない。

聖職者だからこそ、その摂理をより身に刻んでいるはず。

だから、彼が神官長なのだとしても、私の正体がバレることはない。

激しく動揺《どうよう》する心を諭し、落ち着きを取り戻し私は、漸く口を開いた。

「私に会いたがっていたルア王国の司祭とは、貴方ですか？」

「貴方がルア王国の司祭なのか」という問いかけに、目の前の男は一瞬開きかけた口を噤んで答えず、その表情は何やら含みを持っていた。

そして、私の近くに立っている侍女《じじょ》へと視線をやると、察しの良い侍女《じじょ》は「私は外で待機しております」と言って速やかにこの場から立ち去ってゆく。

二人だけ残された空間で、目の前の人物は流れるような動作で片膝をついた。

「ホーキンス様に、折り入ってお話があります」

「お話……ですか」

「はい。まずは説明をさせてください。貴方を捜していたルア王国の司祭の名はロイ・フリック。私は彼の身分をお借りして、ここにいます」

身分を借りて？

――そういえば。

私が悪役令嬢の断罪を回避するため、隣国へ逃げるときにいかにして国境を越えるか、逃亡ルートを入念に考えた時期がある。結果的に、幾つかの方法はあったけれど、どれも条件が厳しく、不法入国をしようとしているのがバレる可能性が高いものばかりで断念をした。

その中でも、高確率で不法入国がバレにくい入国方法の一つは、特殊能力である聖力を持つ聖職者の身分証を借りるというものだ。

けれど、この身分証は入手不可能に近いものだった。

聖職者はいついかなるときも、清く正しくあらねばならない。特に、聖力を持つ聖職者は、心に汚れがないといわれており世間的に絶大な信頼がある。

彼らの身分証の偽造が不可能な仕様になっているのは、身体検査や顔判定などの本人確認をせずに国家間を渡るためだ。聖職者が国家を跨ぐ場合は、大半の理由が緊急性の高い事件が起きた時だから、国境での移動時間を簡略化できるシステムになっている。

つまりは聖職者への信頼を元に、入念な本人確認をされずに身分証の提示だけで国境を越えられるということ。

絶対的な信頼を元に許されている、この世で無二の権限だ。そんなものを貸し借りすることは、あってはいけない。身分証を使う方が聖職者ならば尚更だ。

けれど。

「私の名は、ティシウス・マクシムと申します。セレイア王国で神官長をしておりました」

スッと顔を上げて、真っすぐにこちらへと向けられた視線に、自然と背筋がのびた。

清廉たる顔つきに、深緑の安らぎを宿した穏やかな瞳は。

確かに――この方が己の名を語るとおりに、どう見ても母国で最も高潔な聖職者であった。

「聖職者である貴方が、身分を偽り不法入国したのには、余程の事情があるのでしょう。……だとしても、人目を憚るどころかトラビア王国の王家にすら身分を詐称して入ったとなれば、ただではすまないはずです。貴方ほどの方が、どうして――」

神官長はいつも正しい聖職者だった。

国によっては、神殿の上層部が腐敗しており王家と権力争いをしたり、信者にお金を出させて私腹を肥やしたりすることもある。

けれど、セレイア王国の神殿はいつも法に背くことなく正常な運営がされており、聖職者達は皆堅実であった。神殿として全てが正常に機能していた。

セレイア王国の聖職者は皆知っていたからである。聖力というものは日々の信仰や徳によって増えていくものなのだと。彼らは神官長からそう教えられ成長してきたのだ。

聖力を持つ者ほど階級が上がるという現状を前に、聖職者達は法を犯すことはなかった。

そして最高責任者である神官長は、生まれてからずっと聖力を着実に高め、相当に徳の高い人だ。

他国からも尊敬を集めるほどに。

――と、されているはずなのに。

そんな神官長が身分を隠して、他国の聖職者だと偽り、トラビア王国に不法入国しなければならない理由があるとすれば……

セレイア王国で……私の母国で何か大変なことが起きている？

胸に抱いた不安から、神官長へ尋ねた。

「セレイア王国に、何かあったのですか」

一瞬戸惑うように視線を落とした後、顔を上げた神官長は私の問いに対する答えを言わず……トラビア王国の魔塔研究員、ホーキンス男爵へ向けての用件だけを口にした。

「……ホーキンス様に話さなければならない事情は、私のことではありません」

「……先程言っていた、ルア王国の司祭様のことですか」

心の中では、まず神官長の抱えている事情を聴きたいとは思いつつも、その不安と焦りはまだ片隅に残っているリディア・アルレシス公爵令嬢のものだと自覚していたので、あまりに追求しすぎると不審がられると思えた。

私は、トラビア王国のホーキンス男爵として話を聞くために、ゆっくりと深呼吸をして心を落ち着ける。

「そうです」

「司祭様は、私に何を求めているのですか？」

「彼の願いは、貴女にルア王国へ来てもらい、あるポーションの製造をしていただくことです」

「ポーションの製造……」

私のポーションの製造は、先日室長に禁止された。

なぜ禁止なのか、室長から聞き出せた理由は、ルア王国の司祭が私に会いたいと言ってきたからということだけ。その他の詳しい理由は聞けないままで、私は全く納得できなかった。

なぜなら、私は最近になってポーション作りに慣れてきて、これからもっといろんな種類の物を増やしていけると研究が楽しくなってきた矢先のことだったから。

（ちゃんと、理由を聞きたいとは思っていたけれど……この様子なら神官長が詳しい事情を知っているかもしれないわ）

「どうして、私のポーションが必要なのですか？　今、私のポーション作りは上司から禁止されておりまして、事情があるのなら話していただけると助かります。どうしても、必要な場合は交渉して許可を取り付けますので」

「……この話は、信じ難い内容かもしれません」

「構いません。事情が分からなければ、判断のしようがありませんから。信憑性《しんぴょうせい》がなくても、正直な理由を述べていただけないのであれば、魔塔の職員としてはお断りするしかないのです」

「――貴女は、悪魔の存在を信じていますか？」

この世界には、得てして不思議なことが沢山ある。

魔法も精霊も存在するからなのか、人々は悪魔や天使といった存在に会ったことはなくとも、信じている人は多かった。

信じる理由は学問として悪魔について、詳しく歴史書に記載されているからというのも大きいのだろう。

歴史書によると、遠い昔は精霊と同じく、悪魔も人に紛れて生活することがあったようで……というよりも、姿形や感情の有無も人との違いは殆どなかったから、人々はそれを悪魔として認識はしていなかったようだ。

共存をしていた時代は、悪魔が人々を破滅へと導く存在だと気付いた後も、人の欲望を満たしてくれる悪魔の存在を常に傍に置きたくて擁護する者もいた。

正体が悪魔だといわれるようになった傾国《けいこく》の美女の出現で、世界中で戦火の炎が立ち込めたとしても、戦で私腹を肥やす者たちにとっては関係のないどころか有難いとすら思っていた節もあるという。

そうやって、悪魔は上手く人の欲望を刺激しては、人を破滅へと追いやった。

当然のように混沌《こんとん》とした時代が続き、人々の心は荒み、貧富の差は広がり、様々な思想が入り乱れ、世界は一時、混乱に包まれていた。

大戦が続き、人々の心も体力も生活も、全てが疲弊《ひへい》してゆく中でも、一度受け入れた悪魔の囁きに逆らえず、多くの人々はその存在を黙認しようとし続けた。

それが一転して、悪魔との関わりが禁忌《きんき》となったのは、悪魔の導きによって、この世に深く絶望した大魔導士が、禍々しい漆黒の魔法陣を小国全域にいきわたらせ、後に禁断の魔法といわれるようになった消滅魔法を行使した事件がきっかけだった。

――大魔導士は国を一夜にして消滅させるという前代未聞の大惨事を引き起こした。

その大魔導士が姿をくらませる前、諸外国に向けて言葉を残している。

〝この世が悪魔を受け入れ続けるというのなら、再び消滅魔法を見ることになるだろう〟

それから、悪魔の存在が禁忌《きんき》とされるようになり、国境の隔たりなく共通の認識として、悪魔召喚を行った者は一族郎党、処刑されるという法律までつくられた。

このような法律が、昔から無意味にある訳もないとは思う、けれども……

（実際に見たことがないから、私は半信半疑なのよね……いくらファンタジーの世界で、魔法や聖力があるといっても、ここは乙女ゲームを題材に作られた世界で、悪魔は登場しなかったし……）

「どちらかと申し上げれば……信じる、というところでしょうか」

遠慮がちに半信半疑だということを伝えると、神官長は、ふっと目尻をさげ口元に笑みを浮かべて言った。

「ホーキンス様は正直なお方ですね。お力になって頂けるのなら、信じていただかなくても構いません。……ですが、ここでの話は他言無用でお願いいたします」

人には話せないとなると、今から話す事情を上司には伝えられないので、ポーション作りの許可を得る為には使えない。

つまり、正直な事情を伝えるかわりに、上司へは信憑性《しんぴょうせい》の高いそれっぽい事情を伝えて許可をとって欲しいと、神官長がそう言っていることを悟って、少しだけ悩んだ後に頷いた。

「……わかりました。では、お引き受けする際の条件を追加しても良いですか？」

「条件の追加、ですか？」

「はい。ひとつは、どうして私のポーションが必要なのかを説明して頂くこと」

「勿論、それについては詳細に、納得頂けるまで説明をいたします」

「その前に、神官長が身分を詐称してまでトラビア王国へ来なければならなくなった理由を教えてください」

「私が、ですか？」

「そうです。聖職者である貴方方が、身分詐称のために身分証を貸し借りしたのは、両名に切迫した事情があり、お互いの利害が一致したからなのではないですか？」

「……」

「司祭はルア王国を離れられないけれど、私をルア王国へ呼び寄せたい。そして、貴方は……神官長は……トラビア王国へ入国したい事情があるのに、……セレイア王国出身の身分証では、入国出来なかったのですよね」

「もしかして、ホーキンス様はセレイア王国に縁《ゆかり》あるお方なのでしょうか？」

「えぇ、私は……」

この先を言うことに、戸惑いを感じたのは一瞬だった。

脳裏にチラついた、奴隷商で再会したときのバンリの姿を思い出せば喉元でつかえていた躊躇いは、すぐに鳴《な》りを潜めてゆく。

――私には、何よりも知りたいことがある。そして、恐らくそれを知ることの出来る機会は、今しかないと思えた。


そう考えたら、先程まで正体がばれてしまうかもしれないという不安でさざなみだっていた気持ちが緩やかに凪いでゆき、不思議と周囲が静かになった気がした。

「セレイア王国に住んでいたことがあるのです。そこには、旧知の知り合いも沢山います。ですから……」

神官長は根が真面目で無意味な嘘はつかない。

しかも、頼み事をする立場となれば、通常なら殆どのことを正直に、包み隠さず話してくれるだろう。

けれど今回は、私が当たり障りのない答えで事情を知りたい理由を述べてしまえば、私のそれをただの好奇心と捉えて、適当な理由を述べるかもしれないと感じた。

それ程に、重たい内容である可能性が高いということだ。

だから、正体のバレない程度のところまで、私も正直に話すようにした。

何が原因でバンリが奴隷になりトラビア王国に来ることになったのか、私はそれを知らないし、ずっと気になっていたことだ。

もしかしたら、神官長がここへ来た理由に関係があるかもしれない。私が母国に帰るという決断ができない以上、こんな機会はもう訪れない。

室長は何かを知っている様子だったけれど、思わせぶりなことを言うだけ言って、あぁまで頑なに口を閉ざしている。彼の口が開くことは絶対にないだろうから。


――どうか、知っていることを全て教えて欲しいという気持ちで、外套《がいとう》の下で掌を強く握りこむ。


神官長は緑色の瞳をやや下へ伏せると、指を折り曲げ顎先にあてがい、何やら思案した。

そうして、暫く沈黙したのちに、漸く結論が出たのか、返事の言葉を発してくれた。

「セレイア王国にお知り合いがおられるのでしたら、私のような者が身分を詐称してまで此処にいることに、不安になられるのも当然ですね」

神官長が、ニコリと笑みを浮かべてくれたことに、私は内心、安堵の息をついていた。

「ホーキンス様は、トラビア王国の情報屋に伝手《つて》はございますか？」

「情報屋……ですか？」

「私は、極秘で人探しをする為にこの国へ参りました」

(極秘で人探し……それはまた、とても大変なことよね)

広大な領地をもつトラビア王国での人探しは、相当に骨が折れるだろうことは、想像に容易かった。どう考えても、異国の者一人で捜しあてるのは、至難の業だろう。

情報屋に伝手《つて》はあるので、出来ることならば協力してあげたいものだ。

神官長は婚約式を迎えた時、祝福の光を見せてくれたことによって、私の不安を軽くしてくれたことがある。些細なひと時の出来事だったけれど、あれがなければ、私はあの時破滅の道を歩むことが怖くて逃げ出していたと思う。

もし、そうなっていたら。それから築いたバンリとの数々の思い出は、全部ないものだったかもしれない。


——だから、本当は条件など付けずとも、神官長の頼みの一つや二つは聞こうという気持ちには既になっていた。


「伝手《つて》はあります。宜しければ、ご紹介いたしましょうか？」

「本当ですか！　それは助かります。……ホーキンス様には全てを、お話ししたいと思ってはいますが……」

戸惑いがちに、眉根を下げてそう言っている様子から、全てを話してもらうことは、難しいことなのだろう。

それもそうだろう。顔も出さず、今日会ったばかりの、こんな得体のしれない女をどのようにして信じろというのか。私は気にすることはないと促すように、ゆるりと首を振る。

「可能なところまでで、大丈夫です」

それを見た神官長は、コクリと頷き、私を多少なりとも信じる覚悟をしたのか、姿勢を正して小さく咳払いをした。

そして、声のトーンを落とし、捜している人物について、ことの重要性を表しているのかのように、ゆっくりと語りはじめた。

「私がトラビア王国に来たのは、我が国の王、バンリ・セレイア殿下を見つけ出すためです」

バンリが……

「王様……」

一瞬聞き間違いかと思えたけれども、神官長の重みを持たせた声色は、しっかりとした発音で耳に入ってきたのでその可能性はなかった。

そして、彼が冗談を言える人でもないのを知っている。

けれど、私はバンリと出会ってからセレイア王国について調べたのだ。

確かにセレイア王国の先王は崩御《ほうぎょ》されて、王太子であったバンリが王となってもおかしくない状況だ。……というよりも、本来ならばそうなるはずだった。

ヒロインとのハッピーエンドを迎えて、その先は……確かにゲームでも描かれていなかったけれど、普通に考えるなら王になっていると考えるのが普通だ。

それが、何をまかり間違ってしまったのか、奴隷として売られて、私と再会した。

――私の目の前に現れた彼が、本当は王になっていたのだというのならどうして。奴隷になってしまったのか。私には皆目見当もつかない。

セレイア王国の内情について、私が情報屋に探るよう依頼をしなかったのは、バンリが王位継承権争いという大きな大事件に巻き込まれたからだと思っていたからだ。

何らかの陰謀《いんぼう》でバンリは嵌められて、失脚させられ、その後さらに立場を追い込まれ、奴隷としてトラビア王国に偶然売られたといった筋書きを考えていた。

王家の内情が絡んだあまりに大きな事柄が故に、下手に他者を巻き込んでしまったら、その人の人生を狂わしてしまうと思っていた。

けれど、神官長は、バンリが国王に即位できたと言っているようなものだ。今もなお、彼の事を王だと認識しているからこそ捜しに来たと述べている。

(何をまかり間違えば、国王が奴隷になるのかしら……。理由がなんだとしても……もしかして私は今、隣国の王を奴隷として使役していることになるの?)

そこまで考えて、ことの重大さに立ち眩みがして血の気が引いてゆく。眩暈がしてきたので、近くにあった椅子の背もたれにそっと手をついた。

王族という事実だけでもまずいと考えていたけれど、それよりも桁違いの事実に、全身から汗が噴き出してくる。

「ホーキンス様、大丈夫ですか?」

〝全く大丈夫では、ありません〟とは言い出せず。

「少々立ち眩みが……」と言ってごまかしたあと、内心その先を聞くのがとてつもなく怖いが、恐る恐るでも尋ねざるを得なかった。

「どうして、行方不明になったセレイア王国の王がトラビア王国にいると思われたのですか？」

「王宮からバンリ殿下が出立する際に、トラビア王国へ行くと御自らが申されていたからです」

「……？　王様一人でトラビア王国に行ったわけではありませんよね？　なぜ居場所が分からなくなったのですか？」

王が他国へ行く際は、使節団をともに連れてゆく必要がある。道中で行方不明となったとしたら、招いた側のトラビア王国では大問題のニュースとして大々的に捜索網が敷かれるはず。

――なのに、そんな話は耳にしたことがない。

衝撃、そして疑問だらけで困惑し、小首をかしげていると、神官長は更なる衝撃の事実を語りだした。

「――いいえ。数年前、バンリ殿下は王位継承権の放棄を宣言された後、身一つでトラビア王国へと旅立たれました。それからというもの、殿下の消息を知る者は誰一人としておりません」

「バン……バンリ殿下が、自ら王位継承権の放棄を宣言して、国を出ていかれたのですか？」

「はい」

「なぜ、そんなことに？」

バンリが自ら王位継承権の放棄を宣言していたなんて。とてもではないけれど、信じられず、考えも及ばなかった。

私は知っていたからだ。彼の夢はセレイアの良き国王になることだと。

いつかそう語っていた彼の瞳は、真っすぐで明るい未来を信じさせてくれた。そんな光を宿していた。

だから、彼の進む道はいつも正しく幸せなのだろうと確信していて……

再び彼を見かける機会があったとしてもそれは、夢を叶えて幸せな人生を送っている姿ばかりを想像していた。それなのに。

あんなに傷ついた姿で、現れるなんて想像もしていなくて。

なぜ。何で、そんなことになってしまったのだろう。

自ら王位継承権を放棄するということは、国民への責務を捨てると同義だ。

そんなこと、バンリが望んでするとは思えない。あり得るとしたら、余程の訳があるはず。

どうして……

神官長から告げられた思いもよらない事実に、混乱が渦巻く中。

不意に脳裏へ過ったのは、リディアをきつく抱きしめながら、震えていたバンリの声だった。

『君が……いない世界をわたしが望むわけがないだろう。二度と、もう二度とやらないでくれ』

そして、同時に浮かんだのは、私に何かを伝えようとしながら奴隷紋《どれいもん》の制約によって口を閉ざすバンリの姿。

――もしかして、王位継承権の放棄に私の自害が関わっているのではないだろうか。その可能性に気付いて、心の内で動揺《どうよう》する。

「そんなこと……」

なぜだか〝あり得ない〟とは、言い切ってはいけない気がして、私は自らの口を覆った。

◆

私は、なんとしてでも隣国であるトラビア王国に入国したかった。

そのために、トラビア王国に入国するための身分証を借りる条件として、ホーキンス卿をルア王国の司祭の下へ送り届けるという約束を交わした。

身分の詐称は禁止されており、本来であれば聖職者としてあるまじき行いではあるが、互いに背に腹は代えられない事情があり、やむなく光の盟約《めいやく》という契約を交わした。光の盟約《めいやく》は違えることの出来ない約束だ。

無事にトラビア王国に入国したものの、バンリ殿下がどこにおられるのか分からない。私は、自分の目的よりも先に、司祭との盟約《めいやく》を果たすために動いた。

なぜならルア王国の状況は一刻を争うものだったからだ。

無事、ホーキンス卿に会い、協力を取り付けられたものの……

彼女はルア王国へ行く条件として、ポーションが必要な理由と、私がこの国に来た理由を説明するよう提示してきたので、私は内心困っていた。

どこまで、このお方に説明するべきなのか。

彼女がセレイア王国をただひたすらに、心配していることは伝わってくる。

だが、彼女の質問への返答は、世界の禁忌《きんき》である悪魔とセレイア王国が絡んでいるという他にも、人へ話すにはあまりに不都合な事柄が絡みすぎている。


——数年前。


バンリ殿下が側近と父王を殺して、自らは王位継承権の放棄を宣言し、婚約者が自害した元凶の一端となったトラビア王を殺すため、この国へ潜伏しているのだという事実。

今日出会ったばかりの者へ話すには、多くの危険がつきまとう重すぎる内容だ。

しかし、ポーションが必要な理由……今ルア王国で起こっている悲劇を説明するには、最悪の事態を回避したセレイア王国こともおおよそ伝えておくべきなのかもしれない。

どの道、ルア王国の悲劇をひと時のもので終わらせるには、彼女の協力が絶対に必要なのだから。

何よりも、私はルア王国へ彼女を送り届けると司祭と盟約《めいやく》を交わしている。

彼女が条件として提示したものを拒絶するのも難しい……

そこまで考え、意を決し顔を上げた時。

透き通るように耳に優しい、けれどもどこか凛としたものを感じさせる声が聞こえてきた。

「……数年前。殿下に婚約者がいらっしゃいましたのを、神官長は覚えていますか？」

先ほどから、どこかで聞いたことのある声に思えていたそれは、懐かしい響きを宿している。

あのお方のお声に似ているんだ。

これは、偶然なんだろうか。

いや、なぜ今のタイミングで、数年前に亡くなられた婚約者様の話が出てくる？

あの場に……王宮に集められたときに、いあわせた者なのか。

それともあるいは——

脳裏にちらつく可能性。けれどもそれは、とても都合の良い話で。

私はすぐにその可能性を考えた自分を戒めた。

あり得ない。あのお方が生きておられたらと願わずにはいられない故に、このような突拍子もないことを考えてしまうのだ。多くの者が、消滅魔法で自害した姿を見ていたというのに。

私も、まだまだ修行が足りないな……

ホーキンス卿は情報屋に伝手《つて》があると言っていた。

ならば、そこからセレイア王国で起こった何らかの情報を得たのだろう。

「覚えています」

「……」

おそらく、ホーキンス卿は情報屋から、既にセレイア王国内でのことを聞き及んでいるのだ。

だから、話の核心部分を正確についてきた。

既に事情を知っているというならば、私が語ることに何も戸惑う必要はない。

「流石ですね。あの魔塔に所属されているだけあって、通常では聞き及ぶことも出来ない他国王家の事情まで、既に把握されているのですね」

「私は、何も知りません。ですから、数年前に何があって殿下がトラビア王国へ来ることになったのかを、神官長にお伺いしているのです」

「全てを知っておらずとも。何かしら、核心となる真実は既に存じているから、婚約者様について触れられたのでは？」

こちらからの問いかけに、ホーキンス卿はピクリと反応を示した後に、息を呑んでいた。

その様子から、彼女もあの出来事に無関係の者ではないことを感じて、だからこそ知りたいことがあるのだと、この時、うっすらと私は悟りつつあった。

「数年前、セレイア王国を危機に直面させる事態が発覚いたしました。今、王国が無事を保っていられるのは、ある出来事がきっかけで行われた捜査によって、最悪の事態となる前に収束したからなのです」

「王国の危機、ですか……。ある出来事というのは……もしかして」

「——お察しの通り。殿下の婚約者であらせられた、リディア・アルレシス公女が自害をされたことで、国は危機的状況を未然に防げたということです」

◆

王宮内に存在する神殿から、用意された部屋へ戻るのは馬車での移動を必要とする程に離れていたけれど、私はあたりに咲き誇る庭園の花々に目もくれることなく、部屋へ向かいひたすらに走っていた。

神官長の口から語られたのは、バンリが王位継承権の放棄を宣言した経緯。

そしてトラビア王国にバンリがいると確信している理由だった。

数年前のこと——セレイア王はトラビア王にある願いごとをされていたらしい。

その願いとは、トラビア王が悪魔との間に儲けた子を、セレイア王国で育てること。

——知っての通り、世界の法において悪魔との関わりは最大の禁忌《きんき》とされているものであった。

それ故に国王はバンリ一人に事情を説明し、監視の意味もこめ、トラビア王の子——ミミルの世話係を申し付けたのだとか。

ミミルは、セレイア王国にやってきて、学園に入学した。

当初、悪魔の能力は受け継いでおらず人間でしかないと判断されていたミミルだが、在学中に悪魔の魅了《みりょう》という力を開花させて、周囲をいとも簡単に操りだしたらしい。

どんな魔法や呪術も無効化してしまう王太子のバンリには効いていなかった魅了《みりょう》だが、通常の一般市民には効果てきめんで、ミミルの周囲にいた人々は彼女が望んだように物事がいくように動きだしたのだとか。

一見、それぞれが自らの意志で動いているようにしか見えないその力は、恐ろしいもので……そのまま人知れず広がっていっていたなら、セレイア王国民の大半がミミルの為だけに全力をそそぐ奴隷と化していただろう——そう、神官長は語っていた。

——けれど、最悪の事態に至らなかったのは、ミミルの魅了《みりょう》によって追い詰められたリディア・アルレシス公女の死因について、納得のいかなかった王太子バンリが捜索を進めたからなんだとか。

(バン……)

セレイア王国にいた最後の日——逆召喚魔法を発動して、消える直前に見えたバンリは、私へ向かい手を伸ばしていたように映った。

当時の私は、都合のいい錯覚を見たのだと思っていた。

すでにその時、バンは私と距離を置いており、約束していた様々な茶会の席にも度々理由をつけては来なくなって。

私へ向けられていた視線は、次第にミミルへと向けられるようになっていたから。

ミミルを守るように傍らに置いて、私と視線を合わさないようになり、話しかけようとすると、どこかとても苦しそうで。

バンリは学園で私とすれ違うたび、暗い表情を浮かべるようになって、何かもの言いたげにしているのに、切り出しづらい内容なのか話しかけてくることはなくなった。

気付けば私は、バンがどんなふうに笑うのか思い出せなくなって。

そんな時、ふと目に入ったミミルと二人で話しているバンリは、楽しそうな笑みを……浮かべているように、見えていた。

だけど、冷静に思い返してみれば。

あの笑顔は社交界でよく見かけたものじゃなかっただろうか。

当時は疑問にも思わなかったけれど、神官長から聞いた話を元に当時を振り返ってみると、思い当たる違和感がたくさんあった。

「……っ！」

当時のことを思い出そうと懸命になっていた途中、小石につまずいてよろめいた足を止める。

走るのに夢中で止めていた息つぎを思い出し、壁に手をついて咳き込みながら額から滴る汗をぬぐう。

（……そういえば、あの小さな神殿までは馬車で移動していったのよね）

乗車出来る馬車が他にないか、辺りを見渡してみると、漸く花々の咲き誇る美しい庭園の景色が目に入った。いなすようにそよぐ風に、肩へ入っていた力が抜けてゆき息をついた。

すると、不意に庭園の一角に咲いているワスレナグサの前にしゃがみこんで、ふせっている人影が見えたので、私は再び駆け出した。

◆

『大丈夫だよ、犬コロには何も危害を加えないよ。散歩に行ってくるだけだから』

そう言って、私はリディアを置いて部屋を後にした。

頭を冷やすために出てきたはいいが、トラビアの王宮敷地内で奴隷が行動出来る範囲は決められている。人気のない場所を探してみれば、必然的に庭園を散策することになった。

静かな場所を探し求め暫くしてから、手に持ったままになっていたモルトを地面に置いて、掴んでいた襟首から手を離した。

もうリディアの部屋からは大分離れていたし、モルトは庭園に咲き乱れる草花を見て、目を輝かせていたので、部屋に引き返さずここで勝手に散歩してくれる気がしたからだ。

けれども、わたしが再び歩き出すと、その後ろからついてくる気配がした。

(初めはただの犬かと思っていたけど、足音がしない。先刻のことを抜きにしても、得体が知れないものを、またリディに近付けたくはないんだけど。今この犬に何かをすると、リディが気に病みそうだし困ったものだね……)

——とはいえ、自分もその得体の知れない者の一人であることは自覚している。

セレイア王国の王太子であった頃の自分は、恐らく、消滅魔法で己の父、そして側近たちを殺した時に共に消えてなくなってしまったのだと思う。

それから重ねてきた経験は、リディアの知っているわたしから、更にわたしを遠ざけていった。

外見だけを見ると、そこまで変わってしまったようには思えないだろう。

けれども、中身は変わらざるを得ない経験をしてきた。

その自覚はあるし、もうこの世にリディアがいないのだから、それでも良いと思っていた。失うものが、あの時のわたしにはもう何もなかったから。

◇

わたしは数年前、王位継承権放棄を宣言した後、王宮を後にしてセレイア王国から出国した。

目的地は隣国のトラビア王国だったが、国境をまたぐ際の検問が厳しいことがわかっていたので、まずはルア王国へと向かった。

ルア王国はセレイア王国と同じく諸外国に囲まれており、多くの移民を受け入れているのでトラビア王国と比べると入国がかなり簡単だったからだ。

なぜ諸外国に囲まれながらもそんなに開かれた状態なのかというと、ルア王国は大国であるトラビア王国のほぼ属国に近い状態が続いており、定期的に国民をトラビア王国の奴隷として献上すると国家間の条約で決まっていたからだ。

そんなルア王国が、自国民の犠牲を抑えようと考案されたのが、移民の受け入れ。

つまり、ルア王国へ辿り着いた移民達は殆どが奴隷にされてトラビア王国に送られている実態を、王太子教育の過程で知っていたから利用したのだ。

こうして、わたしは身分証の必要がない奴隷に扮し、トラビア王国への入国を果たした。

やってみると、思っていた通りルア王国の国境を越えることは簡単。奴隷に混じりトラビア王国へ出荷されるのも造作《ぞうさ》もない話であった。

トラビア王国へと献上された奴隷達は、入国後用途によってより分けられる。わたしは品質が良いからと、王族達に仕えるべく王宮に送り込まれたときは、我ながらついていると思った。

図らずしも当時、トラビア王国の王位継承権第一位の王太子モルドレッドの下に仕えることになったのだ。

これならば、好色王《こうしょくおう》に出くわすこともあるだろうと思った。

幸先は思惑以上の良いスタートだったが、その先の好色王《こうしょくおう》に会うという目的は難航を極め……

利用出来そうな主人を見つけると偶然を装って渡り歩いた。

その間に経験した胸糞《むなくそ》の悪い出来事全ては、わたしの人格を更に冷めたものにするには充分な内容で。

思わず吐き気のするような惨劇が目の前で起こったとしても、目的を果たすためには傍観者《ぼうかんしゃ》に徹した。王太子のバンリであった頃には、助けに入ったであろうことも、奴隷のバンリとなってからはすべて見過ごしてきたし、割り切れるようになっていった。

ずっと、静かな怒りが頭の中を占領《せんりょう》していて、それを超える怒りがなかったからだ。

わたしは毎日同じことを想像していた。

好色王《こうしょくおう》との対面が叶った暁には、相手に反撃の隙を与えることもなく、この手で首を締めあげて。

思いつく限り残酷にいたぶり、死を懇願《こんがん》するほどに苦しめたあと、なぶり殺す。


――わたしは、リディアに再会するまでの数年間。


そんな想像をばかりを働かせる日々を過ごしていた。

「まさか、君がセレイア王国の王太子だったなんてね」

不意に話しかけられて我に返ると、目の前にはこの国の王、ヨゼフが立っており、〝面白い〟と言わんばかりの好奇心を宿した瞳をこちらへと向けている。

「……」

なぜ、この男がわたしをセレイア王国の元王太子であると分かったのかは、想像がつく。

この男の鑑定能力の精度は非常に高い。

わたしは自身に向けられる能力は全て、自動的に無効化できるが、その能力が他者へ向けられた場合は、無効化出来ない場合がある。

例えば、魅了《みりょう》や魔法など害のあるものは意識すれば他者の分まで無効化出来ても、鑑定といった一見無害な能力が他者へ向けられたときは、どうやっても無効化出来ないのだ。

やつは、リディアを鑑定していた。

そのとき、リディアの情報の中に、〝元王太子の奴隷〟とでも見えたのだろう。

「なるほどね、セレイア王国の王族は、こちらの能力を無効化出来る能力があるのか。これは確かに、我が国としては敵にまわしたくないなぁ……」

「……」

「あぁ、うちとしては敵にまわる予定があるとかじゃないんだけど、先王の行いのせいでさ、今セレイア王国とはかなり良くない雰囲気なんだよね」

ヨゼフは何でもないことのように、あははっと笑って言ったあと、反応のないバンリに続けて問いかけた。

「こんな話を聞いたら、祖国が心配になっちゃう？」

そう聞かれて今のわたしが思い出す祖国の姿は、王宮に集められた時、公爵令嬢の自害の咎の無罪を国王から申し渡された時の、ホッとした様子で胸を撫でおろしていた人々だった。

「――奴隷でしかないわたしは、特に何とも思わないね」

「なんだ、つまらないな」

ヨゼフは「やれやれ」というように肩をすくめ、急に視線を下へやった。すると、モルトがわたしの後ろに隠れながらも、ひょこりと顔だけ出して、こちらを見上げていた。

「何コレ」

ヨゼフはそう問いかけ、身をかがめてポケットから取り出した飴を掌へ載せ、モルトへと差し出す。飴に興味をひかれたモルトが身を乗り出し、言葉を発した。

「ハビィと、似てるね」

「ハビィって誰？」

「ハビィは凄いんだよ！　魔塔の室長なんだ！」

ヨゼフはモルトを見定めるようにじっと眺めていたが、鑑定して何かが見えたのか、目を細めて口の端を釣り上げた。

「……へぇ、君、面白いのをペットにしているんだね。あっちにもっと色んな種類の飴があるよ、興味があるなら幾つか分けてあげようか？」

「ほんとう？」

あたかも胡散臭《うさんくさ》さ丸出しで、まるで誘拐犯のような台詞で誘っているヨゼフ。利口な子供であれば、そのような誘いを受けないものだが、モルトはただ目を輝かせて喜んでいる。

その様子を、傍らで聞いていたわたしへ「そういう訳で、コレが何なのか知りたいから連れてって良いかな？」とヨゼフが話しかけてくる。

「別に構わないよ」とだけ素っ気なく答えると、ヨゼフは楽しそうに笑った。

「本当に、君という奴隷は相変わらずだね。兄上の奴隷だった頃から誰に対しても……兄上の存在ですら心底興味ないっ顔をしていた。他の召使いたちは皆、機嫌を損ねていないか常に緊張していたのにさ」

「……ただの踏み台に、何の興味を持てというんだ？」

「本当、いつも笑かさないでくれるかな？　俺はこれでも、ポーカーフェイスで通ってるんだけど」


——笑わせるつもりで話したことはないが。


わたしはそう思ったが、面倒なのであえて口にすることもせずに一息ついた。

「それで、わたしに用があって来たんじゃないの？」

「あぁ、用と言うか、俺は君に恩があるし、敵にまわろうとも思っていないということだけはっきりと伝えに来たんだ」

「何のことだかわからないけど」

「君が兄上達を破滅させたんだろう？　おかげ様で俺は無事、王になれたよ」

「彼らは勝手に破滅したんだよ」

「まぁ、そういうことで良いけれど。彼らは総じて父と似た性質を持っていたから、お気に召さなかったのかと今なら理解できるよ。君と初めて会った頃は、リスクを犯してまで何をしたいのか分からなかったけど。殺しに来たんだろう？　我が父——好色王《こうしょくおう》を」

そうだ。けれど結局、好色王《こうしょくおう》を見つけ出すことは叶わなかった。

あいつは、また別の人間によって地獄に送られたから。

それが果たして、死んでいるということなのか、本当に地獄へ落ちて今尚苦しみながら生きているのかは分からないけれど。

わたしの手の及ばない場所にいるのは確かで、リディアに会えた今では、最早どうでも良いとすら思えている。我ながら現金なものだ。

失ったものが返ってきたのだから、これ以上は何も求めようとは思わない。

わたし以外の誰かによって好色王《こうしょくおう》がどうなろうが、何だろうが、どうでも良い。

「もう、今となってはどうでも良いことだ。心配せずとも、わたしはトラビア王国に報復しようとも思っていないし、セレイア王国と揉めようが介入しない」

「それは、光栄なことだね」

◇

わたしがやっと一人きりになれた庭園は、珍しいものばかりが植えられている他の場所と違って、トラビアの王宮内にしてはありきたりな花々ばかりが咲いていた。

その中でも、風に揺られている薄青紫色の花が目に入って、しゃがみこんだ。

この花の名前は思い出せないけれど、婚約式が終わって幾日も経たない頃、リディアと行った花畑で一面に咲いていたものと似ていると思ったからだ。

わたし自身、花を好きだと思ったことはないのだが、女子に摘んでやると喜ばれると父上に聞いて、婚約したばかりの可愛い婚約者に花束を渡してみると、聞いていた通り大層喜んでくれたから、その笑顔にまた心を鷲掴みにされて……あの時は父上に感謝した。

もう――あれから、随分と月日が経ってしまったのか。

手を伸ばそうとして、やめた。この手に触れることが出来たからといって、あの日々が全て返ってくる訳ではないと思えたからだ。

わたしは腕に顔をうずめて、深く息を吐いた後、ゆっくりと立ち上がった。

（大分、頭も冷えた）

そう思って帰路へと歩みを進めようとした瞬間。

左腕が後ろへと引っ張られて振り向くと、そこには肩を上下させて、息を詰まらせながらも……綺麗なアメジストの瞳が必死に何かを訴えかけているように、わたしを見上げていた。

「リディ――」

第九章　真実を知ったとき

「何かあった？」

問いかけるバンリの声音があまりにも優しく、綺麗なサファイアの瞳が心配の色を宿して覗き込んでくるので、私は眉根をよせて言葉を詰まらせた。

「……っ」

（どうして、バンは私の心配をするの……私が……私があの時。自殺に見せかけて消えたから……そのせいで貴方は……）

神官長から、私がセレイア王国からいなくなった後、バンリの身に何が起こったのかを聞いた。

私がゲームのヒロインだと思っていたミミルは、トラビア王の娘で淫魔《いんま》と人間の混血らしい。

もしも、私に前世の知識がなければ、あまりにおかしい周りの状況に何か、大変なことが起こっていると気付いただろう。

乙女ゲームの世界だから、これが私の役割だから仕方がないと諦める前に。

気付いたとしても、私にはどうしようも出来なかったかもしれない。

ミミルは思った通りに私を悪役令嬢として断罪するため、人々を利用してあらゆる悪事の証拠の偽造まで用意していたのだから。

結果として、私が早くに死んだように見せかけたことで、早期に神殿が調査へ加わり、魅了《みりょう》での被害は最小限に留まった。

——けれど。そうだとしても。


私が自殺したと思ったバンリは、己の父と、側近達を殺し、国を出た。

私の仇《かたき》をうつために、トラビア王を殺しにこの国へやってきた。

神官長に『国境を越えるために手段を選ばない』と言って、バンリはセレイア王国を去ったらしく、その後どのような方法で、トラビア王国へ入ったかすら分からず消息不明になったという。

私は、一連の話を聞いて、バンリがどのような方法で入国したのかすぐに気がついた。

私が隣国へ逃げる時、そういう方法もあると知っていたけれど、絶対に実行しようとは思わなかった方法。

私は、バンリの奴隷紋《どれいもん》が刻まれているであろう胸元に、その衣服の上からそっと手を置く。

バンリの夢はセレイア王国の賢王になることだった。

幼い頃から瞳をキラキラとさせて、そう語っていた。その夢を叶えるために、彼がしてきた努力を、私は知っている。


——なのに。それなのに。

私があんな消え方をしたせいで。バンリは王位継承権を放棄し、夢を捨てた。

尊敬したであろう父や、慕ってくれた側近を殺し。人であることを自ら放棄し、全てを失う覚悟で。奴隷に身を落とし、検問を潜ってここへやって来たんだ。

その行動全てが、どんな覚悟を持ってここへやってきたのか。どんなに彼を傷付けたのか。取り返しのつかないものを沢山、彼に失わせたのか。

私には、想像が出来ない。

「？」

今、バンリからは視線を落として己の胸元へ視線をやっている私の頭しか見えないだろう。

私の表情が分からない中でも、様子がおかしい事に気がついているようだ。私の肩にあたたかな手が置かれる。

——その時。

突然顔を上げた私の表情に驚いたのか、バンリは固まった。

アメジストの目の縁が赤くなり、目尻から伝う雫が、白磁の肌の上に次から次へと滑り落ちていく。胸元の衣服を掴む手に、力が入る。

「……リディ……リディア……。どうした？　一体何があった？？」

話さなければと思うのに。声が出ない。言葉が詰まって、何も言えない。

神官長が言っていた。セレイア王国で起きたことで、誰が悪かったのかと突き詰めれば、それは禁忌《きんき》を犯して悪魔と交わり子を産ませた好色王《こうしょくおう》であると。

神殿が介入して、進められた調査から私の周囲は殆どの者が魅了《みりょう》にかかっていた。

ミミルがまさか、魅了《みりょう》を使えるなど誰が想像出来るだろうか。

私は悪魔なんて存在が本当に存在することを知らなかった。悪魔の存在については、もはや半信半疑とされるほどに、関わりがない。けれど、世界各国では明確に禁忌《きんき》であると定められている。

そんな不確定要素だらけの、幻のような存在を表沙汰には出来ない状況で。

まだ王太子でしかないバンリが出来たことなど、ないに等しい。

むしろバンリは、王太子とはいえ、当時まだ弱冠十四歳の子供でありながら、ミミルに対処出来うる限り、多くの務めを果たした。

なのに、必要以上に全ての責任を一人で負っている。


――バンは、奴隷として生き続けなければならないことなど、何もしていない。


(早く。一刻も早くセレイア王国に帰れるように、奴隷から解放してあげないと)

全ては私が発端で起こったことだ。

私が自殺して、神殿が関わるきっかけになった結果、国の損失を軽くできたなんて、そんなことは関係ない。あの時。私が一番、幸せにしたかったのはバンリだ。

それなのに――

（このまま奴隷にはしておけない。バンを奴隷から解放するために、方法なんて選んでいられない）

私は、踵《きびす》を返してその場から駆けだそうとした。

後ろから私を呼ぶ声がしたけれど、一刻も早く用意された自室へ戻るため、勢いよく足を踏み出した。

そんな私を、腕を強く掴んでバンリは引き留める。

「待って、リディ」

「――離して」

早く、一刻も早く。バンリを奴隷から解放できる方法を知りたい。それがどんな手段でもいい。

「どうしたんだ？　何があったかわたしに教えてくれないか」

「……」

「でなければ――君が心配で、わたしはこの手を離せない」

私の意に反しているからか、バンリは奴隷紋《どれいもん》により痛みを与えられているようだ。

片眉をしかめ、額からジワリと汗が滲む姿を見て、はっとした私はすぐに肩の力を抜いて抵抗をやめた。

——そんなふうに、私の心配をしている場合ではないはずなのに。バンリはいつも私の心配ばかりして、再会してからも何も言わなかった。

いや言えなかったんだ。奴隷紋《どれいもん》があるせいで。

私のせいでバンリの身に起こったことを知れば、今に気を失ってしまいそうなほどの罪悪感で私が潰されることが、奴隷紋《どれいもん》によってすぐに分かったから。

再会して、バンリが私の家に来た当初。

何かを私に伝えようとしていたのに、彼は言葉を途中で止めていた。

ミミルの名前を聞いただけで、私の胸が痛むことを……あの日の事を思うだけで私の胸が深く抉られているということを、バンリの奴隷紋《どれいもん》は敏感に察知していたはずだ。

奴隷は、精神的にも肉体的にも主人を傷つけられないようにされていると聞いたことがある。

バンリに掴まれた己の右腕の先にある手の甲に、視線を落とした。私の右手の甲に描かれた所有《しょゆう》者紋《しゃもん》は透明で、今は見えないけれど。

私だけを守るこの紋章が——どうしても、許せない。

——今私が感情のままに、「バンリをどのような手段をもってしても、奴隷から解放する」などと告げれば、主人を傷つけられない奴隷はどうするだろうか。

私は心を落ち着けるようにそっと瞼を閉じてから、荒ぶる心臓の鼓動を落ち着けるため、静かに息を吐いた。

「――さっき、セレイア王国の神官長に会ったの」

そう言って、バンリの様子を窺うようにそっと視線を上げる。

「神官長……それって本物かな？　神官長が国外へ出るなんて考えられないけれど。ここに聖職者を派遣するなら、もっと階級が下の者を寄こすはずだよ。それにセレイア王国の人間は、トラビア王国に入国出来なくなったとどこかで聞いたよ」

「うん。バンの疑いもわかるけど。間違いなく本物だよ。今は国籍と身分を偽ってトラビア王国に滞在しているみたい」

掴んだ手を緩めたバンリは沈黙したまま、それ以上の質問をしてこようとしない。バンリが今、何を考えているのか私には分からなかったけれど、そのまま話を続けた。

「神官長は、バンを捜しに来たんだって」

「何で神官長がわたしを捜しにここへ？」

「何でって――当たり前でしょう？　だってバンは、セレイアの王様なんだから。そんな人が不在だから今、国に大変なことが起こりそうなんだって。だから、バンは一刻も早くセレイア王国へ行かなくちゃいけないわ」

ザワリと風に揺られ、枝から飛ばされた木の葉が二人の間を通り過ぎた後、ほんの少し驚きの色を滲ませたサファイアの瞳が見えた。

「バン、私はもういろいろと知ってしまったわ。それでも、バンの口から聞きたいの――」

◆

セレイア王国は、大国に囲まれているが平和で代々温厚な賢王が統治してきた事により悲劇や争いとは無縁の国だった。資源にも恵まれており、民には活気がある。

わたしはそんな国の王太子として生まれた事を誇りに思っていた。

婚約者のリディアとは幼少期の頃に出会い、子供ながらに一目惚れをした。

美しい銀糸の髪にアメジストの瞳。薄桃色の控えめで可愛い口、小さく整った顔。

無表情だと人形のようだけれど、笑みを浮かべると柔らかくなる雰囲気。

立ち居振る舞いも目がはなせない程綺麗で愛らしくて、大人っぽい表情や照れた顔や拗ねた顔全てがとても可愛くて、愛しくて。

側近達にも呆れられる程に、わたしは初恋に溺れて夢中になった。

王太子妃になる為の教育は厳しいと聞いていたから、嫌になったりしないだろうかと不安を口にしたら、彼女は柔らかな笑みを浮かべて楽しそうに語り出した。

「国民を守る貴方を支える為には必要な事だと分かっているから大丈夫。バンがこの国の民を愛しているように、私もこの国の人々を愛しているのよ。だって皆優しい人ばかりなんだもの。この間、市井《しせい》に遊びに行った時にココルおばさんがパンをおまけしてくれたの、それにこの間子供達が似顔絵を描いて……」

「何だか、わたしが婚約者でなくとも良かったみたいだ」

「ふふっ、国民にやきもちを焼いてるの？　私はバンが相手でなかったら今頃王太子の婚約者としてここにいないわ」

クスクスと笑う彼女が恨めしくて、背後から突然抱きしめると、彼女は腕の中でその身を預けてくれる。

「……あまりに頑張り過ぎる君が心配だ。いつか急に、全てを捨てて何処かへ行ってしまいそうで」

「そんな事はしないわ。バンがいるからどんな事も頑張れるのよ。こんなにバンを大好きな私が貴方を捨てるなんて有り得ないわよ」

「そうか、それは良かった」

彼女を抱きしめる手に力をこめると、嬉しそうに頬に頭をすり寄せてくれた。


――そんな幸せな毎日をおくる中、ある時不意にわたしは尋ねた。

「わたしの婚約者でなかったら、君はどうしていたのかな？」

「そうね……隣国トラビアに行っていたかもしれないわ」

予想していない答えが返ってきて、わたしは驚いた表情を浮かべながら問いかけた。

「確かに大国だし、元々多種族が住むあの国なら色んな仕事があるけれど。治安の悪い所と良い所の違いが激しいよ？」

「その分、身分も身元も関係なく働ける所が幾つかあってね……」

それからリディアは、わたしが強請ると〝もしも〟王太子の婚約者でなかったら、こんな生き方をしていただろうという事を、幾つもの物語として語ってくれた。

全てわたしにはない発想で、成る程と思う事も沢山あった。

話を聞いているとわたしも王太子以外の生き方が出来るかもしれないと思えた。もし、王太子でなかったらどんな生き方が出来るだろうと想像が膨らんだ。

当時、各所から王太子として期待され重圧を感じ始めていたわたしは、リディアの話にワクワクした。自分でも気付かなかった色んな可能性を提示してくれる彼女の話に興味をそそられたし、リディアの話を聞いていると王太子でなくとも生きて行けるなと思えた。

年々高まっていた重圧が不思議と軽くなり肩の力が抜けていく。

けれど、その話をもっと聞いてみたいと思う反面。

彼女の手を握っていないといつか、どこか手の届かない場所へ行ってしまいそうな気がして。

たまに、怖かった。

「リディ……」

この時もまた、彼女の存在を遠くに感じて、わたしは彼女の手に自分の手を重ね、どこかに行ってしまわないように握りしめながら言った。

「好きだよ、リディ」

あいた片手でリディアの頬に触れこちらに向かせると、彼女は目を丸くした後、わたしの前でしか見せない照れ笑いをしながらいつものように返事をしてくれた。

「私も、バンが大好きよ」

どちらからともなくひかれあって合わせる唇の温もりが愛おしくて、心臓の音が煩さくて、胸が締め付けられる。

そうして、君はいつだって、わたしの隣にいるはずだった。

国王である父は、歴代王のように賢王かは分からないけれど物腰柔らかく、他国や国民との関係性を大事にしてきた。時に優柔不断だけれど、この平和な国の王であるなら、調和を重んじる事は良い事だと皆思っていた。

そんな父がある時、わたしを自室に呼び出して言った。

「平民の女生徒でミミルという者が、特待生としておまえと同じ学年に入学してくる。周りの生徒が彼女を平民だからと侮ったり、失礼な態度をとったりしないよう常に気にかけておいてくれ」

「……。父上の隠し子ですか？」

「そうであればまだ良かったのだがな」

「……事情はわかりませんが、女子生徒の監視ならば、父上の家臣にでも任せればいいではないですか。なぜ、わざわざわたしが気にかける必要があるのですか？」

「そう言うだろうと思っていたが……王が説明出来ない時には、それなりの理由があるのだ。今後、事情を話さず王が命令を下した場合は、何も聞かずに受け入れなさい」

「ですが、事情を知らなければ、平民の女生徒をわたしが気にかけている理由を周囲に説明出来ません」

「それで良い、説明してはいけないんだ」

「……分かりました。ならば、わたしは婚約者のいる身ですから。特定の女生徒を気にかけるのは外聞が悪すぎますので、わたしではなく。側近達に対応して貰うように致します」

その返答を聞いて、父王は「はぁ……」と大きな溜息をつく。

机に両肘をついて暫く思案した末に、仕方がないといわんばかりに重たい口を開いた。

「――良いか、この話は誰にも言ってはいけない。これを知るのはこの国では余と其方、そして女生徒の育て親のみだ。それ以外に例外があってはならない。その事をよく肝に銘じて聞くんだ」

「父上はわたしの口が軽いと思っているのですか？」

「そういう訳ではないが。もしも、おまえがこの話を他者へ伝えた事がわかった時には、例外なく相手の口を封じなければならなくなる」

この時、父王がわたしを次期王として避けては通れない話をしようとしているのだと悟り、態度を改めて話を聞く事にした。

「ミミルという女生徒はな、トラビア王の子供だ」

「トラビア王？　あの大国の……好色王《こうしょくおう》ですよね。いろんな所で子を作っていると伺いましたが……成る程」

少し肩透かしをくらった気分だ。

先程の雰囲気からもっと慎重になるべき事かと思ったけれど、よくある話だなと思った。

隣国にいるトラビア王は別名好色王《こうしょくおう》と呼ばれており、様々な女性を孕ませている。確かに大国の王の子という点で気を遣うべきだけれど。

「寧ろそれが事実なら噂にした方が、皆その女生徒に失礼を働かないのではないですか？」

「ならん、それは絶対にしてはならぬぞ。周りにはバレてはならないんだ」

「……？」

「その女生徒、ミミルをトラビア王は大層気に入っている」

「世継ぎも既にいて、何人も王子や王女がいるのにですか？」

「その子はな、トラビア王と淫魔《いんま》との間に出来た子供なんだ」

「……？」

父の言っている事がすぐには理解が出来ずに、首を傾げた。

「トラビア王は、好奇心から宮廷魔導士に淫魔《いんま》を召喚させ、交わったそうだ」

「……？　淫魔《いんま》……とは、悪魔の一種族ですよね」

「そうだ」

色々聞きたい事は多々あるけれど……そもそも、悪魔の召喚自体が万国共通にしてこの世で最大の禁忌《きんき》とされているのは父もわかっているだろうに。

そこを掘り下げたいけれど、とにかく今はその事すらも置いておこう。

一番聞きたいのは。

「悪魔と人の間に子など出来ませんよね？」

「通説では出来ないとされている。普通は出来ても赤子の時点で殺してしまうだろうから、事実はわからない。しかし、だからこそ、好色王《こうしょくおう》はその子を殊更気に入っているのだ。大国の王はいつもそうでな。時に不老不死など、人知を超えたものを望み求める傾向がある。その度に周りは多少の無理を聞いてきたのだ」

淫魔《いんま》と王の間の子。それが本当ならば、悪魔と人間の子供。

信仰心の高いこの国では許されざるべき大罪中の大罪で、貴族であろうが一族全てを連座《れんざ》させ処刑断絶されてもおかしくない。生まれてすぐに殺されていてもおかしくない程に、その子の存在はあってはならないものだ。

そもそも宗教観念の薄いトラビア国でも悪魔の召喚が禁忌《きんき》である事は変わらないはずだ。それだけは万国共通の認識。

語り継がれている神話では悪魔の囁きに耳を貸した国は荒れ果てると言われている。

聞きたい事は数多浮かんだ。いつからその存在が我が国にいたのか。なぜ我が国にいるのか。

その子をトラビア王が気に入っているというのならば、なぜ手元に置かないのか。

というか、それは……

動揺《どうよう》しているわたしを宥《なだ》めるように、父は言った。

「深く考えずとも大丈夫だ。彼女に悪魔の力が遺伝していないのは、神官長に確認済みだ。だから女生徒自身はただの人間だ」

神官長は神殿に勤めている聖職者で、聖なる力を持っていると言われている。実際その力は本物で、触れただけで人を清めたりする事や、悪魔に取り憑かれた人を払う事も出来るとか。

神官長が言ったのなら。その女生徒には悪魔の力がない、ただの人間であるのだろう。

まずはその事に胸を撫で下ろしたけれど。

悪魔についてはまだまだ解明されていない事が多くある。

学園の生徒は勿論、リディアとそんな得体の知れない者を一緒の空間にいさせるのは一抹の不安があった。

「神官長には、その女生徒の出生について言ってあるのですか？　その上で無害だと？」

「言えば神官長は公のものにするだろう。そんな事は出来る訳がない。トラビア王の不興をかってしまう。神官長には彼女には悪魔の力がない事だけ確認してもらった」

「……万一という事もありますし、わざわざ王侯貴族が通う学園でなくとも……」

「万一という時、対処するのが王太子であるおまえだろう。それにトラビア王直々に仮にも王族なのだから、賓客《ひんかく》として王太子に面倒を見させろと言われている。……不遇《ふぐう》な対応は出来ない」

（好色王《こうしょくおう》の趣味嗜好は全く理解出来ないけれど……こちらが困るのを見て楽しんでいるのか？）

「ですが、父上……」

「バンリ、綺麗事だけで国は守れないんだ。これまでも我がセレイア国は代々、隣国トラビア王の言う無茶を全て叶えてきたから平穏でいられたのだ。それを今回は平民一人を気にかけるだけで済む話ならば、むしろ楽な方だ」

「……」

「よく考えてもみなさい。国民にとって一番不利益なのは何か。何の力もない少女を普通に学園に通わせる事で平穏を維持するか。それとも、実害なく神話や言い伝えや憶測のみでトラビア王の頼みをはね除け、不興を買い、さる国のように毎年民をトラビア国へ奴隷として貢ぐ立場になるか」

（……実害があった訳でもないのに断れなかったという事か。成る程、もし少しでも学園で何かあったなら、その時はわたしが父にすぐ伝えて、対処を仰げという意図もあるのか）

「……わかりました。わたしも極力気にかけるように致します」


父王と話してから数ヶ月の時が経った。

学園生活ではミミルがわたしのところへ頻繁《ひんぱん》に訪れるようになって来た。

平民の作法を伝えても、受け流されるのみで、それ以上キツく出ようとするたび父王と話した事が頭を過ぎり己を諭した。

どういう扱いをすれば良いのか戸惑う中、ミミルは〝勉強を教えて欲しい〟〝貴族の人に虐められている〟〝相談に乗って欲しい〟と何かにつけてわたしを頼ってきた。

「わたしは婚約者のいる身であるし、君もこの学園の生徒なら態度を改めたほうが良い」

そう伝えると、今度は「実はリディア様に虐められている」と言い出したから血の気がひいた。

トラビア王にその話が伝わったらどうするんだと焦り、何とか機嫌を取り繕い話題を変えて、彼女の意識をリディアに持っていかせないようにしていた。

寂しそうで不安気なリディアの視線に気付いていたわたしは、ミミルの目の届かない手紙で、話せる事情と気持ちを綴った。

〝誤解はしないで欲しい。今の状況には事情があるんだ。私は誓いを忘れてはいない、愛しているのは君だけだ。わたしの気持ちが君にある事を悟られると、君に何が起こるかわからない。もう少しだけ信じて待っていて欲しい〟

だけどそんな手紙を送っても、理由を話せない事に納得出来ないのか、返事はこず。

リディアからは疑惑と不安の色が瞳から消えなくて、焦りは募って何度も人目のないところで二人で話そうとして、その度に邪魔が入るというのを繰り返した。

二人で話せる時間はないまま時は過ぎて、この状態が長引くほどリディアを傷つけ誤解させてしまうと焦りは募った。

寂しい思いをさせているけれど、もう少しだけの辛抱だから許してくれと何度も心で謝りつつ、手紙をしたためた。

そして、あと少しでリディアとの平穏が戻ると愚かにも希望を抱きつつあったその時。

とうとう、あの日が訪れて、わたしは愛する人を永遠に失う事になった。

「さようなら、バン……」

不意に、リディアがわたしにそう呼びかけた。

そしてリディアの下には、教科書でしか見た事のない魔法陣が現れた。わたしはその魔法陣が指し示す内容が一瞬目の錯覚に思えた。

けれど、強い光を放ち紋章に吸い込まれる彼女の姿。彼女が魔法陣に込めた魔力は膨大で、錯覚でない事を理解した。

そして、なぜリディアが禁忌《きんき》の魔法を使えるのかと戦慄した。

禁忌《きんき》の技、消滅魔法。

その昔、世界に深く絶望した魔道士が小国を消滅させたことからこの名がついた。

その魔法の発動条件である〝深い絶望〟と〝膨大な魔力量〟。この二つを満たす者はこの世でほぼないに等しく、魔力量によって消滅対象人数は変わる。

彼女は自らの身体に両手を添え、わたしに向かって、優しく柔らかく微笑んだ。

久しぶりに見た彼女の笑顔はこの場にいた皆が見惚れるほどに美しく、柔らかだった。

彼女が何をしようとしているのか、すぐに理解が及んだわたしが叫ぶのと、魔法が発動するのは同時だった。

「やめろ、リディ！」

強い光の後に、リディアの身体を光の粒がかたどる。

光の粒が現れた箇所からリディアの身体が欠けてゆく。身体の端からサラサラと消えて行く彼女の瞳から輝きは失せていて、意識はすでにないようだった。

「やめろ。やめてくれ！　止まってくれ。お願いだ！」

けれど、わたしの手に掴めたものは抜け殻になったリディアの衣服だけで、抱え込んだその時にはもう、跡形も残さず、光の粒すらもなくなっていた。

「あ……リ……リディ……リディ、嘘だろう？　こんなのは嘘だ。現実ではない、嘘だ、嘘だ！」

後ろから、ミミルや側近達がわたしの名を呼びかけていたそうだが、この時のわたしには何も聞こえなかった。

◇

婚約者のリディアが消滅して数日が経過した。

あの後、自分がどうしたのか覚えていない。

リディアの葬儀《そうぎ》の時もただ、誰か別の人の葬儀《そうぎ》に出ているように思えていた。

その間、前はあんなに色鮮やかだったはずのわたしの視界に映る景色は白黒だった。

全てに実感が湧かないまま日々は過ぎた。

目の前で跡形もなくなった婚約者が、またひょっこり現れる気がしていた。

だって髪の毛一つも残っていないのにどうやって、リディアがこの世にいないと証明出来る？

何を根拠に葬儀《そうぎ》をしている？　彼女が死んでこの世からいなくなったとでも皆思っているのか、そんなはずはないだろう。そうだ、彼女はどこかに隠れているはずだ。

消滅魔法は世界に深く絶望した時に発動するものだ。

それは本当に一縷の望みも見出せない程深くだ。

リディアには、彼女を慕い敬い愛している人々がこの国に沢山いる。

わたしだって愛していると綴った手紙を先日送ったばかりだ。その手紙を見ても欠片も信じてくれない彼女ではないはずで。

リディアが消滅魔法を発動出来る理由なんか、ここにはありはしない。

そうだ、現状についてちゃんと理由を話せないわたしに対して今は拗ねて出てこないんだ。

話すよ、リディア。君が出て来てくれたら、わたしは君に全てを話すから。

それで君に危険が及ぶようなら、わたしの全てをかけて君を守るよ。

だからどうしたらまた、わたしの前に姿を現してくれるか教えてくれないだろうか。

ミミルが淫魔《いんま》のハーフである事が公になろうがなるまいが、もうどうでも良かった。

それで大国の不興を買い、国民を奴隷として献上しろと言われようがどうでも良かった。

国王の意向もどうでも良い。

それら全ての要素で王太子失格だと皆が言うなら、そんなもの第二王子に譲り渡す。

わたしが次期王になったところで、リディアが姿を現せない国を守ろうなんて思えない。きっとわたしは、元々王太子に向いていなかったんだろう。

ねぇリディア。君が、この世界にまた姿を現してくれるなら、わたしは他に何も要らないから。

出て来られない理由があるのなら、君の憂い全てを晴らすから、君の言う事を全て聞き入れるからどうか。わたしの前に再び出てきてくれないか。

君は世界に絶望していないだろう？　そんな君は消滅するはずがない。そうだろう？

リディアがいつ出て来ても良いように、わたしは早急に出来る事をしなくてはと、王の許可もなく、神官長の元に赴いた。

——神殿についたわたしが神官長に話をすると。

神官長は重々しく口を開いて言った。

「王太子殿下……どうか冷静に聞いてください。お話を聞いた所、そのミミルという娘は魅了《みりょう》を使う悪魔の力を使用している可能性があります」

ミミルの出生の秘密を告げられていなかった神官長は、ミミルの出生を聞いて「何と愚かな……」と言葉を漏らした。淫魔《いんま》というのは、悪魔の力を思春期になってから開花させる種族で、それまではなんの能力もないため人間に紛れられるそうだ。

半分淫魔《いんま》の血を持つミミルも、淫魔《いんま》の力を思春期になった学園生活から開花させていた。

淫魔《いんま》の力とは魅了《みりょう》というもので、人々を惑わし虜にして意のままに操り、その望みを何でも叶えようと奉仕させるものだ。もっとも、ミミルは無自覚で使っていたらしいが。

魅了《みりょう》にかからないのは聖職者かセレイア王と王の長子である王太子のみ（初代セレイア王は代々魅了《みりょう》が効かない事から誕生したそうだ）

「魅了《みりょう》の力を使っていたとしたら、だとしたら……、なんだ？」

その日は、外で壁を叩く雨音がやけに煩かった。

「……ここから先は確証を持ってからしかお話出来ません。今はとにかく、確証を得る前にそのミミルという者を神殿側で拘束します。外交に支障が出ようとも、それによって国にどんな被害があろうとも、悪魔が絡めばそんな物、どの道上手くはいかなくなるでしょう。神殿側としては悪魔関与の可能性に気付いた時点で事実関係はさて置いて、早急に最善の対処をしなければなりません。……よろしいですね？」

「あぁ、構わない。丁度今、怪我をして家で伏せっているらしい。とても捕まえやすいだろう」

刹那、雷が建物付近に落ちた事で薄暗い神殿の中を照らした。

雨が激しく壁を打ち付ける中、後から大きな音が響いてくる。

その時なぜか、神官長がわたしを見て息を呑んだのがわかった。


この日、王室内には王と向かい合い立つわたしと神官長。

そしてわたしに呼ばれた大臣や宰相《さいしょう》、第二王子が周りに控えていた。第二王子はまだ幼い事から、今からこの場で何が起きるのか把握し切れていないようだった。

神官長は、王の御前で現在の王国内の状態を、順を追って説明していった。

ミミルが悪魔の力を使用しているということ。

国民や王宮内にいる一部の者、学園内にいる全ての者が魅了《みりょう》の力にかかっていること。

ミミル一人の為に国内が大変危険な状態になっており、これ以上悪化したならば取り返しのつかない事になり、収拾がつかず国の存亡の危機を引き起こしたであろうこと。

現在は魅了《みりょう》を使えないようミミルを神殿にて保護しており、魅了《みりょう》にかかっていない国民に呼びかけて聖水を王国内で撒いてもらっているということ。

そして今回、ミミルの望みを叶えるべく動いた人々が、一人の公爵令嬢を自害に追いやったであろうということ。

父は、片手で顔を覆い、力無く玉座に深々と腰掛け、項垂れた。

そして力無い声で神官長に問いかける。

「そうか……、その魅了《みりょう》というのは解けるのか？」

尋ねられた神官長は少し考えた後、ゆっくりと語りはじめた。

「まだ悪魔の力が開花して一年も経っていなかったこと、そして信仰心の高い国だったことが功を奏しました。殆どの者に神への祈りを重ね蓄積されていた微力な聖力がありましたので、教会に集めて身を清めれば、たとえミミルを解放しても魅了《みりょう》の影響は受けなくなるでしょう」

「して……、其方の背後にいる者達は何だ？」

父の視線の先には神官長の背後に控えている広い王室内が満たされる程の人々。

神官長がここにその者達を呼んだのは、父に事の重大さをよりわからせるためだった。

「この者達は魅了《みりょう》によって罪を犯した者達の一部です。魅了《みりょう》が解けても、その間の記憶は残ります。皆、自分達を罰して欲しいとこの場に集まりました。どうご采配されますか？」

魅了《みりょう》にかかっている間の罪をどう裁くのかについて、問われた父は顔をしかめた。

王宮で一番広い王室を用意したというのに、入りきらない程の人数がいた。

わたしは事前に神官長から魅了《みりょう》によって罪を犯した者達を連れてくる事は聞いていた。けれどその顔触れについては聞いていなかったのだ。

後ろを見渡してみれば、みるみるうちに血の気が引いてゆく。

リディアと仲の良かった令嬢やクラスメイト、リディアが市井《しせい》へ赴いた話をする時に名前をよく挙げられていた者達、孤児院の院長や子供達。

そして、王太子である自分の身の回りの世話をしていた使用人と、護衛、側近達……リディアへの手紙を託していた二人もそこにいた。

(まさか……)

父が黙している間、その場にいた者達は口々に己の罪を語り出した。

平民でありながらリディアが怒るように数多の無礼を働いた。

ないことばかりを真実であるかのように扱い、悪い噂を広めた。

何度もリディアに濡衣を着せては、なんて悪女なのだと囁き続けた。

濡衣を着せてはその度にリディアが犯人だと言ってミミルを庇った。

懺悔《ざんげ》の内容からわかる。

リディアの周りにいた者にリディアの味方は一人もおらず。

皆が悪意を持って彼女に接していた。

皆心を痛め、懺悔《ざんげ》しているのだろう。言葉の最後には「以上により、公爵令嬢自害の責は自分にもあります」といった調子で締めくくる。

わたしは信頼していた者達が罪を犯したと言う姿を見て放心していた。リディアへの手紙を託した側近の内の一人と目が合ったけれど、後ろめたい事でもあるかのようにすぐに逸らされた。きっとわたしの心理状態をひと目見て察したのだろう。こういう側近だからこそ、わたしは彼等を信頼していた。

側近が口に出さずともわたしは悟った……

そうか、手紙は届いていなかったのだな。

側近がわたしの心情を悟ってもなお、一言も申し開けないという事は、わたしの手紙は一通も彼女の手に渡っていないという事だろう。

彼等が犯した罪とは、国を挙げて一人の少女を精神的に虐め抜き、死に追いやったということだ。

そして、きっと……いいや、十中八九。

リディアにトドメを刺したのは、一番リディアを失望させ、絶望させたのは。

『謝るんだ、リディア・アルレシス……』

他ならぬこのわたしだ。

『さようなら、バン』

美しく柔らかな微笑みを浮かべたリディアは、一言もわたしを責めようとはしなかった。

「……魅了《みりょう》に掛かっていた間の事は王侯貴族、平民関係なく全て無罪とする」

まだ懺悔《ざんげ》も終わらない中で、不意に口を開いた父の言葉に、辺りはしんと静まった。

「……？」

「今回の件は仕方がなかった事だ。責任能力がない間の罪は無罪とする他ないだろう」

王から言われる事を想定していたのだろう、チラホラとホッとしている者の姿を見かける。

罪悪感は抱いていたのは本当で、償いたい気持ちも本物だったのだろうが、これだけの人数が関わっている事だ。罰される事はないと察していたのか。

けれど、誰かの許しの言葉を聞きたい。そういう思いを抱いてこの場にやってきたのだろう。

何もしていないリディアは、誰にも許されなかったけれど。

(――ダメだ。リディアがこの世に絶望していないという確証が薄れていく。考えたらダメだ。そうしたらわたしは、認めなくてはいけない。もう二度と、リディアはわたしの前に現れはしないと。

現れるつもりも彼女にはないのだと。リディアはこの世界を、わたしを、捨てたのだと……)

「淫魔《いんま》ミミルについては……。周りが気を付けてやれば魅了《みりょう》の力を封じる事が出来るのだろう？

今回ミミルは自分の力を自覚していなかった。故に、余は許そうと思う」

王の言葉にその場に居た全ての者がざわめくのがわかった。

神官長が王の言葉に絶句していると同時に室内の扉が開いて、甲高い声が聞こえてきた。

「助けてください、セレイア王様〜！」

入ってきたのはミミルだった。

後ろからは、神官二名が慌てて追いかけてきた様子で入ってくる。

ミミルは力を封じる為のロザリオを首にかけてはいるものの、拘束もされておらず本人は自分が被害者であるかのように父に泣きついていた。

神官長が青筋を浮かべて神官を睨みつける。神官は王宮からの使者が勅命《ちょくめい》を持ってきて、神官長もいなかったので止める事が出来なかったと弁明している。

「バンリ様！　バンリ様が悪者から私を救うよう指示してくれたんですね！　私、悪い人に捕まってとっても怖かったですぅ〜」

こちらへ駆け寄って来るミミルを、神官長が絡めとって床に押し付けた。

そして、父を見上げる。

「勅命《ちょくめい》とは、どういう事ですかセレイア王！」

「控えろ、神官長。余はこの国の王である。確かに悪魔の事に無知であった故に大事になるところであったが、制御出来ぬものではないのだろう？　なら、何の問題もない」

「問題ない？　気でも触れましたか？　王よ！」

「可哀想ではないか。半分人間であるのだぞ？　おまえは神に仕える身でありながら差別をするのか？　哀れな少女が人として暮らしていけるよう手配はしてやらぬのか？」

父と神官長が言い争いをしている最中、神官長に頭を押さえ付けられていたミミルは声を上げた。

「無礼者！　私は、大国とこのちっぽけなセレイア王国の架け橋となる存在なのよ！　早く離しなさい！」

「架け橋？」

罪人を気高く諭していると言わんばかりのミミルは、わたしの姿を捉えて笑みを浮かべた。

「バンリ様、私の愛しい婚約者様！　早くこの男から私を助けて！」

「……わたしの……婚約者は、おまえなんかじゃない」

「私達は卒業後に結婚する約束をしているじゃない。王様から聞いてないの？」

もう、視線を父に向けるだけでやっとだった。

ミミルの言葉に神官長も黙って父を見上げる。もはやその目に敬意の意思はなく、王をどう扱うべきか推し量ろうとしているような視線だ。

重苦しそうに口を開いた父は言った。

「さすがにこうなってはセレイア王家に迎える訳にはいかぬが……。何とか普通の子として生きる手助けを皆でしてやろうではないか」

「王様！　話が違うわ！　リディアの罪が明らかになったら、私をバンリ様と結婚させてくれるって、王太子妃にしてくれるって言ったではないですか！」

誰もが思っていた。現セレイア王は、歴代の賢王と比べるとどうなのかはわからないが、他国や民との調和を重んじ、無難に治政を治める良き王であると。

セレイア王国には歴代の賢王が残した帝王学がある。

大国の言う事であっても、まずは自国のことを考えて行動するべきだと。言う事をきける事と聞けない事の境界線をしっかりと引くべきだと。

どうしても言う事を聞けないものに対してはどう対応すればいいのか、父も、そしてわたしもたくさん学んできた。

それに則れば、トラビア王国はとっくに境界線を越えていると判断するべきだった。父は、大国の好色王《こうしょくおう》そのものが怖くて対処をする気など初めからなかったのだ。

目に見えて不利益を被るのが自分より弱い立場の者《リディアや一部の国民》なら、自分に被害がないのであれば、わざわざ大国に否を唱えずともそれで良いと。

「ミミルよ、其方が王太子妃となるには幾つか条件が必要でな。このような状況では到底誰も受け付けないだろう」

「リディアが消えたせいなのね!? 悪役令嬢の役割をちゃんとあの子が果たさないから、私が割りを食うなんて嫌！」

「そうは言っても……」

「王家で集めたリディアが私を虐めた証拠も公開してよ！ そしたら皆、私に同情して支持してくれるわ、王様！」

この広場にいる者達は、憤っていた。

皆リディアに濡衣を着せた記憶はあるけれど、リディアがミミルを虐めている所を見た事のある者は誰一人としていない。リディアは、ミミルを虐めていない。

なのになぜ、王家が証拠を持っているのか。王がミミルにここまで肩入れするのはなぜなのか、皆が戸惑い不思議に思っている。

だがこの場で、事の成り行き全てを知るが故に、王の行動からその思考を読み取る事が出来た者が二人いた。ミミルがトラビア王の子だという事を知っているわたしと神官長だ。

（そうか。父上、貴方は）

「王様！　今からでもリディアの罪を暴いて……」

――取り敢えず、煩い。


「ギャッ！」

ミミルは、床に頭を勢いよく打ち付けた。

「バンリ！　やめぬか！」

「やめろ？　この女は悪魔です。悪魔との関わりは世界の大罪ですが。かばい立てするのですか？

この国の王が？」

「だから、おまえは知っているだろう、その娘はっ！」

父王は〝その娘はトラビア王のお気に入りなのだ〟と言いかけて口を噤む。


――歴代賢王の受け継いできた帝王学を学んでいながらも、それを活用せず、する気もなかった。

優柔不断で小心者が故に馬鹿の一つ覚えの如く大国《強者》の言いなりとなり、その跳ね返りを国民《弱者》に受けさせる。


要するに。

「父上、貴方は愚王だったのですね」

リディアが消えずに、耐えてくれていたとして待ち受けるその先の未来に、明るいものなどなかったのだ。

わたしがどれだけミミルの不審点を資料にあげ連ねても、神官長に見てもらった方が良いと促しても。父王は動くつもりなどなかったのだ。

ならばリディアに残された最善の道は……

「……なんだと？　バンリ、おまえ、今何と言った？」

リディアは消えるしかなかった。

「……」

だけど、本当に消えるべきは誰だったのか。

「国王の余に向かって、王太子である其方が今何と言ったのだ！」

リディアか。

「……」

それとも消えるべきは。

「返事をせぬか、バンリ！　おまえを廃嫡にするぞ！」

この世界なのか。

「ギャアギャアと煩いんだよ」

こんな世界など消えてしまえばいい。民も、貴族も、王も、国も、この世界全て、リディアを苦しめた物全て、消えてなくなれば良いんだ。

リディアのことを考えれば考えるほど、魔力のコントロールができなくなっていくのを感じた。

零れだした魔力が強い風となって辺りを取り巻いていく。

『バンがこの国の民を愛しているように、私もこの国の人々を愛しているのよ』

脳裏に過ぎる少女の笑顔に、その瞬間わたしの瞳は揺らいだ。

「リディア……」

わたしの呟きと同時に、狂風が威力を弱めて凪いでいく。

皆何が起こったのかわからず、その場で座り込んだまま立ち上がらない。

腰を抜かし、玉座からずり落ちそうになっていた父が、体勢をゆるゆると立て直そうとしていた。

父は、今の現象が何によるものか分からず、衛兵《えいへい》に呼びかけている。

わたしはポツリと呟いた。

「魅了《みりょう》されている間の罪は、責任能力の欠如により無罪……ならば、国王陛下。この場で有罪なのは、二人だけですね」

「？」

サファイアの瞳で、静かに父を見据える。

父は、最初はわたしが何の事を言っているのか分からなかったようだが、足元から吹き上げる風に視線を落とした。そこには黒々とした消滅魔法の紋章が浮かんでいた。

「ま……て、待て、バンリ！　や、やめろ、おまえは何をしようとしているかわかっているのか!?

余は、余は王だ……」

ゾワリと足元から黒い影が這い上がってくる感覚に、父は言葉を止めた。自分の体の異変に慌てて手を見ると指の先まで真っ黒になっていた。

続けて、わたしは側近達のいる方向へ頭を動かして視線をやった。側近達は真っ黒に侵食されながらも、わたしの信頼を裏切った咎を受ける事に、何ら抵抗をする様子もなく。

ただ静かに、わたしを見据えていた。

（……すまないと思うよ。彼らは魅了《みりょう》にかかっていた。だけど、それでも……許すと言えないわたしを——おまえ達も、許さなくていい）

王室内に一陣の突風が吹く。全身が影に侵食され、黒い塊になった者達は粉となり風に紛れてサラサラと消えてゆく。

わたしは振り返らずに、踵《きびす》を返して会場から出て行こうと足を踏み出した。

残された貴族、平民達がシンと静まり返る中、一番初めに動き出したのは、まだ六歳である第二王子だった。

「兄上！」

パタパタとわたしの元へ駆け寄ってきた第二王子に続いて、その後ろからは宰相《さいしょう》や大臣、神官長が駆け寄ってくる。神官長はわたしに言った。

「貴方が次期王です。悪魔ミミルをどうするのか、決めてください。神殿はそれに従います」

「……王と国民を殺した。わたしが罪人であるのは皆見ていただろう」

「いいえ、貴方は罪人を裁いただけです。この場にいた皆が見ておりました」

「ならば、王位継承権は放棄する」

「そんな、貴方は神が選んだ強き王であります。この国にはバンリ殿下が必要です」

「……わたしはもう、この国の民を守ろうなどと思えない」

わたしは向き直って第二王子の頭に手を置いた。

「兄上？」

小さな手で、頭にあるわたしの手を握る第二王子の様子を一瞥して、大臣と宰相《さいしょう》に向かって言葉をかけた。

「ミミルは好きに扱うが良い。わたしを王と崇《あが》めたいなら、民の前で火炙《ひあぶ》りにして首を晒しておけ」

「ですが、ではバンリ殿下はどこへ行くのですか？」

「……一つ、隣国にやり残した事がある」

鋭さを滲ませる瞳の光に、今回起こった出来事の経緯を知る神官長は尋ねた。

「好色王《こうしょくおう》の元に……トラビア王国に、行く気ですか？」

「……、それは言えない」

「肩書きもなく、身分も明かせず、どのようにして検問のある国境を越え、越えたとしてもその先でどのように生活するつもりですか？」

「手段を選ばなければ、方法は幾らでもある」

「ありませんよ！　トラビア国の検問の厳しさを知らないのですか？」

「……それは、方法を選ぶからだろ。言葉の通り、検問さえ通ればいい」

「……？　国境を越えたとして、身分のない者がどうやって好色王《こうしょくおう》に会うのですか？」

「……好色王《こうしょくおう》に会えなければ……それも良い。越えた先は運に任せる。安心しろ。セレイア王族とバレるような魔力は使わない」

「ですが……」

尚も引き止めようとする神官長の言葉を制して、わたしはその場を立ち去った。

——荷物に少しの金貨を入れて、無難な服装に着替えて城を出て行った王太子の姿を見た者はその後いなかったと言う。

何箇所にも設置されているトラビア王国の検問所の一角で、他国から来た奴隷商が商品のチェックを受けていた。

その中に、薄汚れてはいるものの、美しいサファイアの瞳をしている奴隷がいた。

——国境を越えたとして、身分のない者がどうやって好色王《こうしょくおう》に会うのですか？

本当に、わたしが会いたいのは、誰なのだろうか。

『わたしの婚約者でなかったら、君はどうしていたのかな？』

『そうね……隣国トラビアに行っていたかもしれないわ』

ただ目を閉じて、いつまでも過去に浸っていた。今でも毎夜見るのは彼女が消えるその瞬間だと言うのに。性懲りもなく、また会えるのではと、心の中で思っている自分がいた。


――そんなわたしの前に、再びリディアは現れた。


初めは幻だと思えた。けれど、幻なんかではなく確かに現《うつつ》だった。抱きしめた温もりも柔らかさも、声も表情も全て本物で。リディアは生きていた。

自殺したはずのリディアが、どうして生きてこの国にいるのかは、おおよその察しはついた。

リディアが何を言おうが、あの時のセレイア王国に信じてくれる者はおらず、頼りのわたしからは距離を置かれて。

もはやわたしはミミルの味方なのだと思い込んだ彼女は……

わたしごとセレイア王国を捨てて、なんらかの方法でトラビア王国へ逃げて来たのだろう。

再会して、彼女が今幸せに暮らしている事を確認して、心底安堵して嬉しかった。

反面、このままではもうわたしと交わる道にいないことに、いいようのない拒絶が押し寄せた。

リディアの為に身を引いて、リディアの前から消えるべきだろうとどこかでわかっていながらも、だけどまだ、彼女の中にわたしの居場所を探してしまう。

一度失い真に絶望したからこそ、リディアの側にいる事を諦めるなんて、簡単には言えなかった。

生きていきたい、この先わたしが生きてゆくのなら、リディアの隣はわたしが良い。
リディアが安心してわたしを側に置く事が出来るなら、奴隷だってなんだって良い。
今度は余計な事を取っ払ってリディアを最優先に守る事が出来る。
リディアが何を知ったとしても、もうわたしは彼女の側を離れる気はなかった。

エピローグ

「……これが、わたしがこの国にいる理由だよ。リディは……これからセレイア王国に行く？」

当時の出来事を話し終えたバンリは、とめどなく流れる私の涙を拭おうと右手を頬にかざしてきた。その手を止めるように、バンリの腕に手を重ねる。

そして、私は自らの手で涙を拭いながら、視線を落とした。

「……私は行かない。私に助けを求めている人がルア王国にいるみたいだから、トラビア王との話が終わったら、私はルア王国へ向かうわ」

ルア王国に行くために、この後私は魔塔へ休暇の延長を申請しなければならない。

帰ったら室長に嫌味を言われるかもしれないけれど。神官長からルア王国の状況を聞くと、とても放ってはおけないと思った。

私が前世でプレイした乙女ゲーム。

その第二シーズンの悪役令嬢が、一か月後に処刑されるそうだ。

私は——誰にも信じてもらえない口惜しさと絶望を知っている。

誰も味方がいないのだと、孤独で哀しい気持ちを……悪役令嬢の役割を押し付けられる彼女の辛さを、誰よりも理解している。

これが、私の時と同じように淫魔《いんま》の魅了《みりょう》によるものなら、到底、自分には関係ないと目を背けて放っておくことは出来ないと思った。

その魅了《みりょう》を解くために私の力が必要なのだと求められているのなら、尚更。

「ならばわたしも、ルア王国に行くよ」

迷いのないバンリの返答に、驚いて瞼を瞬いた。

「神官長が何を言おうと、わたしはもうセレイア王国の王ではないよ。今の王は、弟のアンリだ」

「アンリ殿下はまだ幼いじゃない。帝王学もまだ習得しきれていないはずよ」

「幼かろうが、何であろうが。アンリがセレイアの王で、王は国の行く末を決める権利を与えられている。優秀な宰相《さいしょう》もついているし、奴隷のわたしが手を貸すなんてことは、藪蛇でしかないよ」

神官長からはセレイア王国で今何が起きようとしているのかまで、説明はされていない。

あくまでも、トラビア王国の魔塔研究員、ホーキンス男爵でしかないリディア《部外者》には関係のないことで、不安定な国内の事情をおいそれと話すことが出来ないから。

正体を隠している身としては、気になってもそれ以上のことを聞き出すことは出来なかった。

けれど優秀な宰相《さいしょう》がいたとしても、どうしようもないことが起きているからこそ、神官長自らが身分を偽装してまでバンリを捜しに来たことくらい、彼ならば察しているはずなのに。

祖国を捨てた私ですらこのような気持ちになるのだから、バンリは尚更気になるだろうに――

バンリはセレイア王国についてもう何も触れず、ルア王国へ行く意思のみを述べて沈黙した。

(バンリが私に負い目を感じていることはわかっているけれど、こんなに頑なのはどうして?

奴隷紋《どれいもん》のせい……よね。所有者の私がルア王国へ行くと言っているから、従順な奴隷としてついてこようとする。本来その人が持っている思考を、こんなにも麻痺させてしまうなんて……何てことなの……）

バンリは、私のせいで多くのものを失った。

あの時は私もつらかったけれど、バンリはもっと辛かったはずだ。

これ以上、彼が後悔するであろう選択を口にしないようにするためにも。

もう手段を選ばないと、私は心を改めた。

（モルトも、王宮へ連れてきて良かった。部屋に帰ればすぐにでも奴隷契約の解除方法を聞こう。……交換条件で今度は何を飲まされるか分からないけれど、そんなのはほんの一時、自分の中の自尊心崩壊と羞恥心《しゅうちしん》に耐えるだけだ。今はそんなことを気にしている場合じゃない）

「バン……神官長はバンに会わないとセレイア王国に帰らないわ。このまま神官長がセレイア王国を不在にしてしまったら、より状況が悪化するんじゃないかしら？」

「リディが心配なら、神官長に会うよ。それで、速やかに祖国へ帰るように伝えておく」

「……」

（バンリが私の側を離れようとしないのは、あの時のことを後悔しているからよね……。それでも、私達はもうお互いに何があったかわかっているし、私はこの国できちんと生活をしている。バンが気にすることはもうなにもないのに……。バンが自分の夢を、自分自身を優先できないのは奴隷紋《どれいもん》の影響があるからだわ）

奴隷紋《どれいもん》があっても、主人がいない場所であれば幾分冷静に思考できると聞いたことがある。私がいない場所で神官長と話をすれば、バンは今とは違う考えを抱くはずだ。

――そうしたら、バンはセレイア王国に帰る決意を固めて、本来の居場所に戻るための一歩を踏み出すことが出来るだろう。バンリが神官長と話している間にモルトから聞き出した方法で、バンの奴隷紋《どれいもん》を解除すればいい。


あの時のバンリは、私を憎んでいなかった。

あの誓いを忘れていなかった。

私のことを想っていてくれていた。

その事実を彼の口から聞けただけで、私はもうこれからも生きていける。

バンリがいなくても、バンリが幸せに生きていると思うだけで大丈夫。

わたしは両手を胸元へやると、所有者紋《しょゆうしゃもん》が描かれた右手の甲を左手でやんわりと触れ、胸に秘めた決意を隠し、小さく唇をキュッ引き結んだ。

原作 雪兎ざっく 漫画 鳴海マイカ
Zakku Yukito Maika Narumi
RC Regina COMICS
Eランクの薬師 1～7
シリーズ累計 52万部 (電子含む)
異世界成長ファンタジー!
薬師のキャルは、冒険者の中でも最弱のEランク。役立たずと言われながらも、仲間のために薬を作り続けていたのだけれど……ある日、ついにパーティを追放されてしまった! 故郷に帰るお金もなく、見知らぬ町で途方に暮れていると、ひょんなことから死にかけの魔法剣士・カイドに出会う。さっそく彼に治療を施し、自作の回復薬を渡したら、なぜかその薬を大絶賛されて——!?
秘密の薬で取引交渉!? 事件の真相解明へ!
アルファポリスWebサイトにて好評連載中!
B6判/各定価:748円(10%税込)
アルファポリス 漫画 検索
大好評発売中!

この作品に対する皆様のご意見・ご感想をお待ちしております。

おハガキ・お手紙は以下の宛先にお送りください。

【宛先】

〒150-6008 東京都渋谷区恵比寿4-20-3 恵比寿ガーデンプレイスタワー 8F
（株）アルファポリス　書籍感想係

メールフォームでのご意見・ご感想は右のＱＲコードから、
あるいは以下のワードで検索をかけてください。

アルファポリス　書籍の感想　検索

ご感想はこちらから

本書は、「アルファポリス」（https://www.alphapolis.co.jp/）に掲載されていたものを、
改稿、加筆のうえ、書籍化したものです。

消滅《しょうめつ》した悪役令嬢《あくやくれいじょう》

マロン株式（まろんかぶしき）

2023年 7月 5日初版発行

編集－加藤美侑・森 順子
編集長－倉持真理
発行者－梶本雄介
発行所－株式会社アルファポリス
〒150-6008 東京都渋谷区恵比寿4-20-3 恵比寿ガーデンプレイスタワー8F
TEL 03-6277-1601（営業） 03-6277-1602（編集）
URL https://www.alphapolis.co.jp/
発売元－株式会社星雲社（共同出版社・流通責任出版社）
〒112-0005 東京都文京区水道1-3-30
TEL 03-3868-3275
装丁・本文イラスト－桑島黎音
装丁デザイン－AFTERGLOW
（レーベルフォーマットデザイン―ansyyqdesign）
印刷－図書印刷株式会社

価格はカバーに表示されてあります。

落丁乱丁の場合はアルファポリスまでご連絡ください。

送料は小社負担でお取り替えします。


ISBN978-4-434-32207-5 C0093